Lawrence
Block

Write For Your Life

为你的生活写作
布洛克小说一日课

The Home Seminar for Writers

[美] 劳伦斯·布洛克 著
（Lawrence Block）

徐菊 译

人民文学出版社

著作权合同登记号　图字 01-2022-1198

Write For Your Life：The Home Seminar for Writers
Copyright © 1986, 2013 by Lawrence Block
Published by agreement with Baror International, Inc., Armonk,
New York, U. S. A. through The Grayhawk Agency Ltd.

图书在版编目（CIP）数据

为你的生活写作：布洛克小说一日课／（美）劳伦斯·布洛克著；
徐菊译. --北京：人民文学出版社，2023
ISBN 978-7-02-018286-2

Ⅰ.①为… Ⅱ.①劳…②徐… Ⅲ.①小说创作-创作方法
Ⅳ.①I054

中国国家版本馆 CIP 数据核字（2023）第 190532 号

责任编辑　汪　徽
装帧设计　李思安
责任印制　王重艺

出版发行　人民文学出版社
社　　址　北京市朝内大街 166 号
邮政编码　100705

印　　刷　三河市鑫金马印装有限公司
经　　销　全国新华书店等

字　　数　122 千字
开　　本　880 毫米×1230 毫米　1/32
印　　张　6.75　插页 3
印　　数　1—5000
版　　次　2023 年 11 月北京第 1 版
印　　次　2023 年 11 月第 1 次印刷

书　　号　978-7-02-018286-2
定　　价　49.00 元

如有印装质量问题，请与本社图书销售中心调换。电话：010-65233595

目　录

请你先把这篇东西读了，
不然我们就宰了这只小狗①

真有趣，我给很多作品集写过序言，往往一开头就敦促读者跳过序言。"这纯属多余，"我会说，"你何必浪费时间？我要拿稿酬，所以别无选择，但你可以直接跳到精彩章节。"

你敢跳过本书序言试试！

《为你的生活写作》(*Write for Your Life*)写于1985年夏天，我和妻子琳恩刚从纽约搬到佛罗里达州的迈尔斯堡海滩(Fort Myers Beach)为时未久。我们夫妇那几年一直在全国各地奔走，为写作者们举办培训班，讨论写作的内心游戏。本来此培训班可命名为《写作的内心游戏》，或者《培养作家的内省能力》，不过最终我们还是定名为"为你的生活写作"。

---

① 原文为"shoot the dog"，这句话常用来比喻因为某人没做什么事情而惩罚另一个无辜者。布洛克在此是跟读者开玩笑。——编者注（本书若无特殊说明，脚注均为编者注）

（结果证明，这个名字实在是"神来之笔"。我们好几次打电话给酒店，预订培训班场地，均遭拒绝，因为酒店误听成"为你的生活走正道"①，继而认为我们研讨的是"堕胎"这个敏感话题，所以无论我们立场如何，他们都不愿有瓜葛。）

培训班成效显著，但受众有限。我想让那些无法参加培训的人士也能了解它，因此花了两周时间将其汇编成书，旨在实现三个目标：帮助可能参加培训的人士决定是否参加；让参加过的学员干货满满地回家；还能让学员为他人再组织一次家庭培训班。

我甚至从未考虑把此书交给出版商。我知道自己想独立出版，这基于两条令人信服的理由。

首先，我不想等待一年或更长时间——我急于见到书。其次，我一直对"自出版"抱有幻想——我想大多数作家都曾有过同样幻想——我认为本书最为适合。而且这本书的潜在读者，通过我发出的培训班广告就可以有效接触到。

这是一次愉快的出版经历。当年年底，我手头上就有书了，首次印刷的 5000 本，不出两年就基本售罄。我把书价定得太低了——才 10 美元，考虑到邮购业务的经济效益，此书至少该卖 15 美元或 20 美元——鉴于投入的广告成本很难估算，我不知此书是否赚钱，但重点是这次经历让

① 原文为"Right for Your Life"，有"生命的权利"之意。

2

我开心（此乃人之常情）。

　　我和琳恩没坚持两年就退出了培训班业务。我知道肯定存在通过培训班赚钱的途径，但我发誓没找到。等支付完机票、酒店费用和广告费后，我们侥幸做到收支平衡，当然所花费的时间和精力无法估算，自己觉得开心就好。只是后来，我开始觉得主持培训班如同表演，而我做事很容易感到厌倦（我想这是作家的必备素质）。

　　由于我们为此筋疲力尽，而且一直赔钱，退出的决定并不难达成。此后不久，我们把迈尔斯堡的房子卖了，花两年时间驾车周游全国。然后回到纽约，从此没离开过。

＊

　　培训班不再办了，《为你的生活写作》已绝版——但此书不知何故拒绝离世。以前的学员不断出现，告诉我培训班对他们产生了何等深远的影响。各路人士都想要这本书，可我无书可售。我的5000本库存只剩下一小箱，差不多25本。虽然我通过自己的群发新闻邮件和网站卖出过很多书，但一直不愿把剩下的书投放市场。该书作为收藏品的价格非常高，以如此高价卖给那些出于书的内容而不是收藏价值买书的读者，非我所愿。

　　答案显然是重印此书，但我并未匆忙重印，因为此书在某些重要方面已显过时。书中说培训班将一直办下去，但事与愿违。亲身经历后，我绝对不想再碰培训班这玩意儿。

因此，此书需大幅重写，更新这方面的内容。

况且，时隔16年，我觉得此书的基调有些怪异，让我无法忍受。要淡化这种调调，需花大力气修改，而且很可能对此书造成损害。

我一直承诺再版此书，说了至少有五年时间，但我似乎总是没时间或兴趣去修订，所以索性丢到九霄云外去了。我觉得重印比追求此书的完美更重要。为此，我做了些简单修订，并写了这篇序言，希望你们阅读，以便对此书有全面了解。在我眼里，此书依然有真知灼见，其中的训练依然有用，整个过程依然有效。

我做了些改动，删掉了原书中好友鲍勃·曼德尔（Bob Mandel）所写的推介，还有书末致谢，其中包括我对很多人士的谢词，这次一并删除。我祝愿大家一切顺利，但那些溢美之词好像多余。

在很大程度上，《为你的生活写作》要归功于我们亲身参加过的那些曾被称为"人类潜能运动"①的各种研讨会。我已尽量删掉与这些研讨会及与会教师相关的资料文献。因为我和他们已失去联系，不知道这些内容有没有过时。要是不加更改地就推荐给读者，我也不确定自己是不是乐意。

---

① 人类潜能运动（Human Potential Movement）从美国二十世纪六十年代的反主流文化运动中兴起，有一系列心理学和哲学主张，认为所有人都有尚未开发的超凡潜能，他们的行为只展现了人类潜能的一小部分。

你若想买这本书的首版,可访问我的个人网站 www.
lawrenceblock.com。我要是决定把剩下的那些原版书拿出
来卖,你就会在网站上找到。同样,如果我们出售《作家的
自我肯定》(*Affirmations for Writers*)①库存磁带,抑或重新录
制并再次销售,我将通过该网站广而告之。

好啦,你花时间读了这篇序言,是不是感到很庆幸? 现
在不必让小狗代你受过啦。

---

① "为你的生活写作"培训班以及同名写作书的配套音频。

本书缘起

大家好,我是拉里·布洛克①,欢迎阅读《为你的生活写作》。

我之所以选择这句话作为本书的开场白,是因为想不出更好的方式来传达接下来几万字的内容。你们手里拿的这本书,代表了为作家们举办的为期一天、日程密集的培训班,而且要把这个班搬到纸上。鉴于这是体验式培训班,它的大部分效果来自参与者相互打气和充满活力的互动,我的目标就是以书的形式再现这种体验。因此,站在你们面前,介绍我自己,并请大家共享书中的体验,这样的开场白似乎合乎逻辑。

但这恐怕是后见之明。选择这句开场白,不过是我习惯了这样开头。在过去的两年里,我三十多次站在不同人群前,介绍自己和这个培训班,别人总是说,我在现场显得很是气定神闲,但其实未必。

① 拉里(Larry)是劳伦斯(Lawrence)的昵称。

1983 年 11 月，首场培训班在印第安纳波利斯（Indian-apolis）①举办。大约有六十人参加培训，他们谁也不知会学到什么。我其实在当年 7 月就有此意，为此总结完善了相关材料，并计划于 11 月中旬在纽约举办一场培训班。之前我受邀在印第安纳波利斯的"印第安纳州中部作家会议"上讲授小说写作，在周六和周日进行 90 分钟演讲。我突然想到，这是一次良机，可以让培训班在外地试行一次，如果对毫不知晓培训内容的印第安纳州听众产生效果，那么对一群阅读过宣传资料，并特地选择为培训支付 100 美元的纽约人来说，肯定更奏效。万一培训班在印第安纳波利斯遭遇滑铁卢，谁会知道呢？大不了我以后避开印第安纳州，乘飞机直接飞越它，开车时就绕开它。

　　你瞧，这说明我当时对该项目能否成功一无所知。我知道作家们习惯的教育模式，他们习惯听讲座（"一个短篇故事有开头、中间和结尾。""我认为，我们所有编辑，当然包括《现代爬行动物和两栖动物》②的编辑，都在寻找打破常规的故事，这种故事无论如何都会赢得我们的青睐。""然后约翰·奥哈拉［John O'Hara］③对我说，'威利'④——他

----

①　美国印第安纳州（Indiana）首府。

②　布洛克自己胡编的杂志名。

③　约翰·奥哈拉（1905—1970），美国著名作家，代表作有《相约萨马拉》（*Appointment in Samarra*）。

④　威利（Willie）是威廉（William）的昵称，布洛克在讽刺某些讲课老师自诩和大作家关系好。

以前总是叫我'威利'——")。他们还习惯大声朗读自己的作品,让同行评鉴。因此,当某个来自纽约的小丑宣布,培训班以集体冥想开始,"将课堂里的能量聚集起来",大家措手不及,也没有为培训班的各种互动练习做好准备。

在印第安纳波利斯的首个上午,我感觉自己恰似墨西哥阿卡普尔科(Acapulco)的悬崖跳水运动员,那些年轻人在海浪来袭之前就从悬崖跳下,寄希望于海浪会与他们同时到达。如果计算失误,撞到的就会是石头而不是水。

瞧,我总是觉得自己如同那些墨西哥跳水小伙。那是上课第一天,我觉得自己是第一个试水者。这个培训班理论上貌似不错,也理应奏效,但我怎么知道海浪会不会如期而至?

海浪如期抵达印第安纳波利斯。回首那个周末,我身边并无训练有素的助手,就向毫无准备的观众展示了新内容,只能惊叹其效果如此神奇。整场培训班我都兴奋不已。周日晚上,我登上返回纽约的航班时,已安排好来年6月在印第安纳波利斯再举行一次培训班,并且找到当地人负责组织事宜。我想,当晚就算不坐飞机,我也能兴奋得飞回家。那个周末培训班让我筋疲力尽,但也让我备受鼓舞。那种特别的感觉前所未有,我知道自己渴望更多。

✳

培训班的日子忙碌到疯狂。典型的周末是这样安排的：周五早上，琳恩和我早早起床，行李多到拿不动，出门后才想起忘带录音机，总算准时赶到机场，飞往培训班举办地。随后，直到最后一刻都在做现场安排——检查房间、与酒店餐饮经理以及当地会议组织者一起处理各种细节问题，确保有足够的助手列队等候，写好姓名标签，准备花卉装饰。周六我们举办培训班，从上午十点到晚上七点。周六晚上累得瘫倒，周日早上收拾行李飞回家。

此后，我们会花一周时间安排广告，预订酒店会场，处理配套图书和磁带的订单，接电话，付账单，核对收据，处理报名，然后到了周五早上，再次出发。我们老是在外奔波，但除了机场和酒店，很少关注别处的风景。我们会遇到很多人，但很少有空去了解他们。

这不是抱怨，这是一则故事的开场白。故事的主人公是辛克莱·刘易斯（Sinclair Lewis）①。他在声名鼎盛之际，受邀到哈佛大学给学生们做写作系列讲座。刘易斯当时是文学巨匠，极受大众欢迎，同时也是评论界的宠儿。他曾多次登上畅销书排行榜，拒绝普利策奖，却接受诺贝尔奖。他那特立独行的名声几乎遮蔽了其作品的光芒。毫不意外，他的讲座一票难求，校方选择在一个大礼堂举行。

到了约定时刻，在听众爆满的现场，这位伟人大步踏上讲坛。他盯着下面的听众，站立良久。"你们当中有多少

---

① 辛克莱·刘易斯（1885—1951），美国小说家、剧作家，于 1930 年获得诺贝尔奖，代表作有《大街》（*Main Street*）、《巴比特》（*Babbitt*）等。

人,"他问道,"想当作家?"

有几个人试探性地举起了手,刘易斯继续盯着大家。更多的手举了起来,直到现场所有人都举起手。

"那你们为什么不在家写作?"刘易斯咆哮着,大步走下讲坛。

亮出观点后,他又昂首阔步回到讲坛发表演讲。他毕竟收了讲座费,知道面包的哪一面涂有黄油。尽管如此,多年来刘易斯的提问一直回响不绝。如果想成为作家,就得坐在家里写作。讲座观众为什么不在家写作呢?同样,刘易斯自己为什么不在家写作呢?

我讲这个故事,不是要让你把这本书扔到一边,然后直接冲到打字机前面,而是想把这个问题抛给我自己。我刚刚已经告诉你我在培训班期间是怎么安排时间的,不仅在春季开班的几个月里是这么忙碌,而且在此之前,我们做前期准备工作的几个月里也是这样。这么多个月里,我每天要工作12—15个小时,但除了给《作家文摘》(*Writer's Digest*)写每月专栏之外,我什么作品也没写。如果我真是个作家,而且把它当作职业已经四分之一个世纪,那么我究竟为什么要在这个国家四处瞎跑,热情接待来参加"为你的生活写作"培训班的朋友们?我为什么放着小说不写,却要去写发给学员的通用信函和广告文案?

我为什么不在家写作呢?

我向你保证,这个问题绝不是我首次遇到。它经常出现,尤其是在培训季不可避免的低潮期,相关工作太过繁重,回报太少,时间与精力投入太多。我会扪心自问,为什么干这事儿?当初为什么要自寻麻烦?

为了回答这个问题,我得告诉你们关于这个培训班的缘起。

✳

1983 年 5 月,我和琳恩参加了一次日程密集的周末培训班,这是那种让你有全面蜕变体验的培训,课程设计旨在"改变你的生活"。我们学习了该课程,该课程也实现了既定目标,以各种方式改变和拓展了我们的认知。

一个月后,我们又参与了该培训班为期一天的入门课程以作复习巩固。又过了一个月,我们再次参与该培训班的周末课程。这期间我突然想到,可以将该培训班学到的东西改编一下,专门为作家所用。

因为我比以往任何时候都更清楚,传统的写作教学方法效果不佳。一个人在写作课上所学,与他随后创作的作品似乎并无多大关联。虽然一些学院里的课程确实在培养成功的作家方面成绩斐然,但我绝不认同这些课程的教学与作家的成功有多大关系。一些名气很大的课程一开始就挑选非常有潜力的作家加以培养,而这些人相聚一起,互相切磋,最终写出佳作,这在情理之中。

"写作不是教出来的"这句老生常谈现在仍被广为引

用。在我看来，大多数写作课的开设都在很大程度上是为了证明这点。正如我在《作家文摘》专栏中不止一次提到，写作并不能保证一定成功。一个人若想成为牙医，他若在大学好好学习，做好准备，考入一所声誉良好的牙科院校，并专心学习，等学业完成他肯定会成为一名牙医。他也许不是世上最出色的牙医（我的牙医是世上最出色的牙医），但大可以此谋生。

但写作却并非如此。可以想象，同一个人，即便参与了所有写作课和学院课程，每年夏天都参加写作研讨会，并研读过每本教科书和每期《作家文摘》，他写的东西还是有可能这辈子都无人问津，更别说出版了。

并不是说写作课程毫无价值。凡是学过的东西，大抵都有用。我在大学所学的课程对我而言并非毫无价值。我自己讲授的两门课程——在霍夫斯特拉大学讲授一个学期，在安提奥克大学主持为期一周的培训班——似乎还是对学生有些用处。

但对我来说，我现在似乎可以提供一些前所未有的东西——我设想中的"为你的生活写作"培训班，它可以对学员的写作生活产生实质性影响。我想，这就是我决定从事培训班业务的初衷，我有个新创意，想瞧瞧它是否管用。

我发现它确实有效，而且我从中获得了巨大的满足感。我走出书斋，直接与大家一起互动，实在令人兴奋。从零开始创业，安排培训班、发出直邮广告，处理多年来我一直认为自己没能力，也不喜欢的商务活动，也意外地让我感到愉悦。

可以说，我也是怀着盈利的初衷进入培训班行业的。很明显，如果会费每人 100 美元，场场爆满，并做到成本可控，就能盈利。就此而言，这个项目一开始取得过小小的成功，但有些场次亏本，总体而言，我怀疑我们投入那么多时间成本，能否净赚每小时 50 美分。

我为什么不在家写作？几个月前的一次培训班上，一位两度参加培训的学员提醒我，她首次参加培训时就问过我该问题。她说我的回答让她动容，我不得不问她是怎么回事。

"你说你很感激自己从写作中获得的一切，"她说，"这是你回馈的方式。"

我实在记不起说过这话；这话听起来太"高大上"了，我貌似说不出口，很好奇自己当时怎么能脱口而出，还没被这句话噎死。不过，我认为这是实话。诸多精神修炼都遵循这样一条基本准则——奉献越多，收获越多；要想收获，必先奉献。作为作家，为了继续成长，我有责任回馈写作。农民给田地施肥，纯粹出于个人利益，而并非出于利他主义。同样，我主持培训班也符合自己的最佳利益。（只希望我和农民播撒的材料不同。）

我继续从事培训班业务还有个理由，即培训班显然是我自身成长的一个途径。有人说，一个人能教给别人的，通常是他自己必须学的东西,最差的学生是教师自己。我不知自己作为学生优秀与否,但知道每次主持培训班,自己也参与学习,每次均有所收获,也在更深层次上领悟其培训内容。

这可以理解,因为我创办的正是我希望参与的培训班。从一开始,我就为"为你的生活写作"培训班设定了三个绝对标准。我当时决定,其课程导入必须有趣,学习必须有趣,而且我必须相信它会改变人们的生活。一旦达不到这三个标准,我会果断停办。

✳

这应该能让你了解,像我这样的好小伙是如何开始这项业务的。现在回答另一个问题:我为什么要写这本书?

从某种意义上说,我写这本书的目的和培训班同出一辙,只是换一种媒介来传播我的教学内容。

我这样做是为了满足三类读者的需要。

首先,我想给参加培训的学员提供一种工具,让他们能够以实体形式把培训班内容带回去。长期以来,学员们一直要求以书籍形式提供培训班内容,以便今后能复习巩固。

还有个更大的读者群体,是那些出于各种原因不便参加培训的写作者。写到这里,我不禁期盼举办 17 或 18 场春季培训班。如果每场有 80 人参加,我们今年的总报名人数将达 1400 人左右,相当可观,不过即便如此,还是达不到

《作家文摘》常规读者的一半。

我们虽在全国各地巡回举办培训班，但有些写作者还是因为距离过远无法参加（这因人而异，有两位作家从遥远的阿拉斯加赶来参加我们最近在波士顿举办的培训班。另一位女士写信说无法参加培训，只因为住在该城的另一边）。有些写作者来不了是因为日程冲突，有些是因为负担不起学费——或者自认为负担不起。这本书旨在让这类读者尽可能多了解培训班内容（本书不会涵盖所有内容，因为培训班的精髓是所有学员在现场创造的体验，而这些体验是难以誊写到纸上的；另外，由于培训班时间所限，本书的部分内容培训班则未涉及，因为我构想的几项训练刊印在书里，比现场实施效果更好）。

每次提起，总有朋友说我写这本书可能是个错误。他们告诉我："这会削弱培训班的竞争力。""同样的东西，既然能花10美元买书就能学到，何必再花100美元去参加培训班呢！"

我其实并不认同朋友的说法。我写这本书的第三个目的，就是看中它作为培训班报名宣传手段的巨大潜力。我非常希望，你读完这本书后会想参加培训班。我确信，我越是能准确完整地将培训班内容刊印出来，就越能实现这个目的。

你看，我最大的优势就是知道"为你的生活写作"培训班有效。我还知道，了解它的人越多，效果越好。我们为第二次参加培训班的学员提供五折优惠的理由之一，是他们对培训班流程和内容的熟悉会为整个会场增添强大的正能量；这些学员几乎无一例外地告诉我们，第二次参加培训班对他们的影响更大，因为他们知道接下来的环节，并且能更加全身心投入到培训体验之中。

如果你喜欢"为你的生活写作"培训班，并从中受益，这本书就会激起你的求知欲，缓解你的焦虑，并增强你从培训班获益的能力。另外，如果现阶段你并不需要"为你的生活写作"这种培训，那么此书将帮你认识到这点。这很好，因为我们绝对不愿将志不在此的人带入课堂。

我写这本书还有个原因，就是指望它写起来轻松。我一个月前刚举办过12场系列培训班中的最后一场，近期对要写的素材有足够体验，在脑中记忆犹新，所以我准备好与打字机战斗了。

我认为写这本书也会很有趣。培训班期间发生过很多有趣的事，我希望能把其中一些写下来。我也确信，在撰写成书的过程中，培训班的诸多理念将具体化。

另外，出版此书也会给我带来乐趣。我过去从未尝试过自出版，但我开始构想就培训班写本书时，发现此书倒合适，因为一旦出版，大部分书有望通过培训班和邮件直销卖出去。对我来说，最吸引我的是能在风险相对较小且有可能盈利的情况下试一下水。多年来我总指摘出版商的各种缺点，现在站在他们的角度看问题应该很有趣。（不管是我以后要学会在他们面前谦虚一点,还是认识到我对他们的看法一直以来都是对的!)

总之,我写此书执行的标准与培训班一致。我希望此书写起来很有趣,读起来也很有趣,并且能给人们的生活带来积极影响。

对我自己亦如是。

✻

因此,正如我刚才所言:

大家好,我是拉里·布洛克,欢迎阅读《为你的生活写作》。

犹如呼吸新鲜空气

让我为你搭建舞台。

听到这个欢迎词时，你应该坐在会议室里，而且可能是某个设施良好的连锁酒店会议室。里面大约有八十张椅子，按照剧院风格摆放。面对听众席的是两把高背椅，椅子后面是张桌子。你会看到桌上摆有一台卡式录音机，一束插花，还有一支偶尔使用的麦克风。

我站起来欢迎你们时，应该是上午10点整。你在9点30分左右来报到，如果学费尚未预付全款，你会支付余额，并拿走姓名贴和为你准备的"为你的生活写作"官方黄色圆珠笔。（我们以前也提供过螺旋线圈笔记本，但后来发现太过麻烦，为买这东西四处奔忙到最后一刻，可大多数人会自带笔记本，最终我们只能拖着一大箱笔记本回家。所以你要自带笔记本，不过，如果忘了，也有备用的给你。）

培训班组织者和助手会协助琳恩完成登记工作。还有几个助手会站在售书台旁卖磁带和书，并向你们保证，我对签名售书乐意之至，只是签名须放在培训班结束之后。

你或许会现场购书，但也可能对我们产生某种敌意："要价100美元，还指望我们买书。"（你真的想买再买。）"还收销售税。"（我们不得不这样办理。）"至少该给我们来杯咖啡。"（稍等，课间休息时会有。）

你也许会想，当初为什么报名参加这个项目呢？你可能会环顾四周，觉得参加培训的这些写作同行全是一群讨厌鬼和失败者。别担心，自由感受这一切吧。几个小时后，那些讨厌鬼和失败者会神奇地变成你的灵魂伴侣，你会想他们以前怎么没有出现在你的生活中。

不过，你还是继续享受你的敌意吧，同时花点时间为自己参加培训感到骄傲。在所有浏览过我们的宣传材料并有参加意向的写作者中，最终报名的只是少数。报名者中，又有百分之十当天上午没有现身。许多到场的人告诉我们，当天早上本想找个借口不出门。

你瞧，人们常说，"为你的生活写作"这类培训班，一旦你报名参加，就开始对你产生影响，助你工作。这个简单行动，会引起你的某部分自我激烈的抗拒，因为它认定任何改变都意味着危险。此培训班就是专门为挑战和颠覆你对自己的某些消极想法而设计的，因为你的部分自我认为，这些消极想法对你作为作家和个人的生存至关重要。

你的另一部分自我则深知，朝着积极方向前进才是安全的，这部分自我确保你今天上午出现在这里。因此，不妨相信自己一会儿，遵循自己的最佳直觉到达这里。

10点整,我会站起来欢迎你们。然后,为了给少数迟到人士一个到场注册的机会,我们先听 10 分钟磁带录音,内容是我录制的对作家的自我肯定。(该录音将在下午专场再播放一遍,详细信息参见本书后面章节。)

我们首次使用这个磁带时,先让助手播放录音 10 分钟,然后本人隆重登场。但后来偶然听到学员听录音时私下抱怨:"谁知道他在不在这里?""我们花 100 美元就只听录音?"虽然几分钟后,我的登场很快平息了这种焦虑,但我认为没必要让大家经历这种情形,因为这会导致无法专注听录音,错过很多信息。所以现在,我起身欢迎你们,然后一起听录音。

✳

10 到 12 分钟后,我关掉录音,再次欢迎你们,然后说几句培训班相关信息,以便你们更充分知晓这个班教什么、不教什么。而后,我要做的第一件事不同寻常,我请大家深呼吸。

现在就开始,好吗?深吸一口气,再全部呼出。

非常棒!

再来一次,好吗?深吸一口气,不要憋着,全部呼出。

谢谢!

在整个培训班中(以及在本书中),我可能会不时地建议你深呼吸。此举不是出于控制你呼吸的自大欲望,而是因为发现人们的呼吸方式与培训班的流程进展有很大关联。

"为你的生活写作"是个启发灵感的培训班,"呼吸"(respiration)和"灵感"(inspiration)有同一个拉丁词根并非巧合。我们吸入氧气,呼出二氧化碳,其实是在吸入新鲜能量,呼出已耗费了的负能量。

这说法并不新鲜。但不幸的是,我们大多数人都做错了,我们对压力的反应不是呼吸更多,而是屏住呼吸。我们害怕时会屏住呼吸;焦虑时会屏住呼吸;专注某事时会屏住呼吸;感到疲倦时,会忘记呼吸——直到身体通过打哈欠提醒我们。

屏住呼吸有什么坏处呢?

很简单,它将我们的恐惧、焦虑或紧张都锁在身体里,直达身体的每个细胞。我不确定为什么在这种情形下,我们的本能与自身最大利益相悖。有种理论认为,在压力下屏住呼吸,是我们出生时就学会的,因为我们的第一次呼吸有困难。不管是何原因,补救办法很清楚,那就是多呼吸而不是少呼吸,当我们自己或房间里人们的能量趋于下降或停滞时,要多呼吸。

培训班志愿者的一个主要职责就是全天做大量呼吸运动;这能让整个会议室的气氛轻松起来。我们的好朋友大卫·派克(David Pike)在纽约为我们组织活动时,就亲自提醒我要多呼吸。

不是非得在培训班会议室,才能让深呼吸有效地帮你振奋精神。在读这本书期间,你也要经常有意识地深呼吸,尤其是感觉注意力涣散时(我可能会不时提醒你)。

你在书桌前写作时,别忘了呼吸,试着养成深呼吸的习惯。如果感觉思路堵塞,就深呼吸;如果你的精力下降,就进行至少十次以上的持续深呼吸。(连续呼吸时,要保持呼吸顺畅,两次呼吸之间别停顿。)你最好贴个便签提醒自己,便签写上"呼吸!",然后钉在桌子上方,以便吸引你的注意。

什么鬼提示!你来这里是为了学习如何更好地写作,而这个傻蛋却站在那里告诉你如何呼吸。

好啦,事有轻重缓急。毕竟,我们不写作也能正常呼吸,但若完全停止呼吸,迟早会对写作产生不良影响。趁这会儿你正在呼吸(或屏住呼吸,负隅顽抗),我想跟你谈谈"为你的生活写作"培训班。

首先,我可以断言,这是个启发灵感的励志型培训班,旨在帮你摆脱自己的旧有束缚,获得作为作家真正所需的一切。我还可以说,这是个体验型培训班,而不是信息型培训班。

✳

这意味着什么?很简单,这意味着这种培训不是我将大量材料传递给你就万事大吉。培训时涉及一定数量的信息传递,但这不是最主要的功能,其要旨是在会议室创造一种体验,该体验将改变你看待自我和写作的方式。

在人类从事的某些领域,事实性知识至关重要。医学院学生必须记住体内所有骨骼名称;法律系学生要想通过律师资格考试,必须掌握大量的事实性知识。就我的经验而言,作家一般都有丰富的关于写作的知识储备,但并非这一大堆写作知识导致他们成为成效卓著的作家。有很多书会告诉你,想要有效地写作应该了解哪些知识,其中很多非常有用。我并不是指摘这些书,我自己也写过几本,不过,就我所知,这些书(包括我的书)很多人全部读过,但写作并未取得明显进步,相反,还有些人从未读过任何关于写作的书或文章,照样非常成功。

许多人都非常渴望知识资料,得知自己的知识储备正在增加,会感到欣慰。在培训班下午的课程里,我阐明了自我肯定的定义,为接下来的"自我肯定"培训流程做个铺垫。我庄重地说道:自我肯定是一种强烈的积极思维,我们将其植入自己的意识中,是为了在生活中开花结果。我说这句话的方式一定有特别之处,因为几乎所有观众都会把它写下来,会议室里总有一种集体满足感,大家似乎很高兴我给出了一些事实,让他们记下并抓住。

一位在旧金山参加过我们培训班的人士几个月后给我写了一封信,说他觉得那次学习一无所获。他解释说,他已读了好几年我的书和专栏文章,并通过各种方式接触过所有资料,所以在培训班上并未学到什么新东西。如果你坚信一种学习经历必须体现为对新资料的吸收,可能也会有类似反应。

鉴于此培训班不会因为100美元培训费而事先将什么内容秘而不宣,我每次坐下来写每月专栏,都乐于分享自己所知的写作知识。我并未刻意保留只有花100美元才能使用的关键信息。

不,正是每次现场体验造就了这个培训班。鉴于培训班是体验式的,所以每次都独具一格。同样,每位学员的每次体验也不尽相同。你能从中学到什么,至少部分取决于你带给它什么,以及你准备从中学到什么。这听起来像是老牙医让患者对结果负责的伎俩,比如:你若最终失去牙齿,那是你没有正确使用牙线的错。我不是这意思,因为我不觉得谁有错,这在更大程度上是某些人在特定时间内准备接纳的东西比别人多。

基于参加其他培训班的经验,我明白其缘故。我头几次参加人际关系培训班,有两个环节是关于家庭模式的,我很确定那并不适合我,因为我无法将其与自身经验联系起来。其实讨论时我几乎全程打盹儿。后来再次参加培训,一如从前,同样内容再次被精确呈现在我面前,可突然间,它们对我产生了巨大影响,就像为我度身量制那般。不难看出发生了什么。前几次,我其实没听懂,我听到那些话,但没在意。然后,当我准备接纳那些信息时,脑中某处有扇门打开了,让那些话涌进来。

✱

关于"为你的生活写作"培训班,我还想说,这是注重"整体"的培训。"整体"(holistic)这个如今时髦的词儿来自医疗保健行业,意指结合了非传统医疗模式的整体医疗理念,它可能会让人联想到一个由有机蔬菜、天然纤维服装和日式指压按摩(shiatsu massage)组成的世界。

我用"整体"来描述"为你的生活写作"培训班,只是想说,培训班旨在影响写作者全部身心,而不只是触动你按键的指尖。因为我们相信写作在很大程度上是一项全身心投入的活动,而不仅仅依靠指尖和负责思考的那部分大脑。写作需要调动思维的所有层次,投入全部自我。因此,本培训班致力于影响作家身心的所有方面。

培训班的上半场,即上午的课程,旨在释放我们创造性的自我表达能力,帮助我们在写作时不仅利用大脑的理性分析思维,而且利用大脑中涉及想象力和直觉等领域的那些部分。培训班下午的课程,则更多关注我们的个人信仰体系如何阻碍成功写作,以及克服之道。鉴于成功的最大障碍几乎总是我们自己,培训班的后半场会教我们如何突破自我局限。

✱

本培训班不属于下列类型:

它不是写作市场培训。我们不会告诉你该把作品寄到哪里,该如何寻找经纪人,也不会告诉你应该写什么。

它不是团体治疗,不是 EST 培训①。虽然我们的某些环节借鉴了其他一些培训班的培训技巧,但与它们并非同一类型。

它不是那种一成不变的培训班。数次参加培训的学员无一例外地表示,再次参加培训的体验完全不同,尽管培训流程、我讲的轶事和笑话别无二致。它在不同层面起作用,这取决于会议室里的活力状态,以及你个人成长和发展所处的特定位置。

有任何提问吗?

好,请大家深呼吸。把笔记本放在座椅下方地板上,双臂伸展,松开双腿,双脚平放在地板上,舒适地坐在椅子上。闭上眼睛,我们将从集体冥想开始,聚集会议室里的能量。

---

① "EST"是埃哈德研讨培训(Erhard Seminars Training)的简称,由美国人沃纳・埃哈德(Werner Erhard)于 1970 年创立,旨在改变一个人体验生活的能力,以此改变或摆脱某种不如意的生活状态。这种培训班流行于二十世纪七八十年代,培训方式较为极端,兴起后备受批评,有人认为这是一种精神控制,甚至是邪教。

开启冥想之门

"为你的生活写作"培训班的上午场和下午场都以集体冥想开始。这是个简短的引导式冥想,有人告诉我,我带领大家集体冥想的速度过快,特别是大卫·派克,一直督促我放慢速度。

我可能会照办,因为我越来越相信自己有能力引导冥想,而不会失去人们的注意力或让他们入睡。我们所用的冥想方式本身并不特别重要,我甚至不知它源于何方。我是从朋友盖尔·卡尔顿(Gayle Carleton)那里学来的,根据自己所需进行了改编,但不知盖尔从哪里学来的。

我们在培训班使用冥想有几个原因。

首先,这是一种让所有人进入同一时空的方法。人们带着一大堆精神和情感包袱来到培训班。他们早晨从不同的床上醒来,醒来前做的梦不同,吃的早餐不同,到达会场的路线不同,来这里的理由和目的也各不相同。

集体冥想让我们所有人都有机会放下包袱,重新开始崭新的一天。

冥想的第二个功能,是让我们将注意力转向内心,倾听内心的声音。培训班上午场聚焦于学习如何超越意识思维,即用来思考、计算和解决问题的那部分思维。做到这点的主要困难在于:我们往往相信自己大脑中思考的部分就是一切——确实,那就是我们自己。但思维其实是迷宫,有许多房间和密室,冥想让我们开启其中一些密室的门。

大家对冥想的反应虽各不相同,但几乎所有人都感觉愉快,或者至少可以忍受。一些人表示,他们乐于参加集体冥想,因为感觉更为放松;定期冥想对一些人来说是强大的体验。有几次,大家被冥想释放出的情感深度感动得流泪。

培训班从冥想开始,还有一个目的,即将定期冥想作为写作的辅助手段推荐给作家。无论是何种形式的定期冥想,对作家都非常有用。它能帮助我们打开内在的自我,非常有效地清除思维中的许多杂音,即"先验冥想"(Transcendental Meditation)的老师们所称的"思维的阴霾"。

说实话,我只是偶尔冥想,而不是经常冥想。我定期恢复每日冥想,但迟早会中止。我虽确信坚持每日冥想会更有助益,但也发现,即使偶尔随意冥想,对写作也特别有用。

下面是冥想助益作家的一些方式:

作为写作的前奏。 一天的写作开始之前进行冥想,在很多方面都有价值。首先,这是写作前从脑中清除杂念的一种方式。当一个人的脑海里充斥着财务、人际关系或头天晚上约翰尼·卡森（Johnny Carson）①的脱口秀时，他很难处于最佳写作状态。清除这些杂念为手头项目的有用想法腾出了空间。

同时，冥想带来的对内心的观察，会让写作灵感从潜意识中冒出来。你前一天停止写作时，就已自动把写作交给了潜意识，此后它一直在那里酝酿。虽然在此期间，你对如何写作可能有过一些有意识的想法，但真正的工作是由潜意识进行的。

现在，通过冥想，你让那些想法浮现出来。你可能想在它们浮出脑海之际就抓住，也可能想让它们随同其他浮出脑海的想法一起消失，这取决于你的冥想方式。我在冥想中会倾向于抓住那些自然产生的与作品相关的想法，但一旦变得混乱，变成"思维的阴霾"，我就会感谢它们的分享，并送走它们。重要的不是我在这些想法出现的瞬间就牢牢抓住，而是我与自己的潜意识联系上了，这样我在打字机前的几小时里都能很好地接触到它们。

一天的写作结束时。有时，我非常专注于写作一部作品，无法将其从脑海中抹去。这事几年前发生过，当时我正在写一本书——《八百万种死法》（*Eight Million Ways to Die*）。虽不知该书难度如何，但肯定很有挑战。完成一天的写作后，我发现自己无法放下。我可以从打字机前站起

---

① 约翰尼·卡森（1925—2005），美国著名电视节目主持人，曾主持美国国家广播公司深夜时段的著名脱口秀节目《今夜秀》（*Tonight Show*）。

身,走出家门,但就是无法从脑海中抹去这本书。

曾经有段时间,我对这种故事在脑中的发展持赞许态度。它们似乎证明此书对我来说是至关重要,而且是活生生的,即使我的手指已在键盘上忙乎了一整天,大脑还在忙着处理它。但我逐渐意识到,在一天的工作结束后还在反复思考此书,这适用于潜意识而不是显意识。让我的显意识专注于未孵化的情节和场景,对此书的创作并无助益。这只会让我在路上晕头转向,把几封信丢进垃圾桶,把废纸扔进邮筒寄走后,还上错地铁。

让自己冥想片刻,可以很好地抽离显意识中围绕写作喋喋不休的所有杂念,并将其交给伟大的问题解决者——潜意识。有人发现体育锻炼也能达到同样效果,甚至更有效。跑步、打壁球,或者"举铁"半小时,都是通过专注身体锻炼来让大脑放松的好方法。

写作遭遇瓶颈时。对大多数人而言,一整天的写作难免会遭遇瓶颈。也许缺乏灵感,也许在两种写作方案之间举棋不定,也许不知如何处理某个过渡,或者构建某个场景,诸如此类,不一而足。

通常情况下,试图通过苦苦思考解决问题就像用头敲门。使用钥匙会更简单省力,而钥匙通常能在心灵的某个密室中找到。有时冥想放松片刻,就能进入那个密室,找到答案。除传统冥想外,还有些办法。我曾在其他文章中提及,我手边常有一副纸牌。写作期间,我会不时推开打字

机,停下写作,摆出一手纸牌。我不知自己何时开始这样,
估计最初只是为了逃避工作,但如今已成了我的一种冥想
活动。我不仅在遭遇写作瓶颈时玩单人纸牌游戏,每写完
一两页,想休息时也乐此不疲。这比看书要好,因为此时看
书并不特别有趣,也不能给我提供思考空间。这也比每次
遇到写作瓶颈就扫荡冰箱更容易控制我的腰围。(有时我
也会扫荡冰箱,但没勇气称之为冥想,我更倾向于称之为暴
饮暴食。)

　　我不知是否该向外界推荐纸牌游戏,但我建议人人都
可以寻找一种与冥想功能类似的有效方法,让我们在写作
之余短暂休息,与写作保持一点距离,同时不会完全中断与
写作的联系。

　　一天结束时。睡前静心冥想很有效,这会让大脑放空,
让大脑在睡眠期间自动筛选次日的写作创意。有些作家尤
其成功地将做梦作为创造性解决问题的工具——罗伯特·
路易斯·史蒂文森(Robert Louis Stevenson)①作品的大部
分情节和人物就是在梦中发现的,他还为此专门自行设计
生成有助于写作的梦。(你若感兴趣,可能想查阅相关书
籍;我特别推荐帕特里夏·加菲尔德[Patricia Garfield]的

---

① 罗伯特·路易斯·巴尔福·史蒂文森(1850—1894),英国小说家、诗人
　　与旅游作家,也是英国文学新浪漫主义的代表之一,代表作有《金银岛》
　　(*Treasure Island*)、《化身博士》(*Strange Case of Dr Jekyll and Mr Hyde*)
　　等。

《创造性做梦法》[*Creative Dreaming*]。)

不管你的梦是否与写作直接相关，不管你能否记得这些梦，你的潜意识总是在工作。即使你睡着了，它也会保持清醒，而且永远记得任何事。

＊

虽然我想讨论一些冥想方法，但首先强调的是，我无论如何都不觉得自己能教别人学会如何冥想。我自己在冥想方面的经验既零星又有限，远非专家。

我最初接触正规冥想，是 1976 年在洛杉矶接受先验冥想的技术指导。先验冥想要求冥想者专注于一个由双音节梵语单词组成的"咒语"，在心中反复默念（"咒语"有时被说成毫无意义的词，但你若精通梵文，我认为就有意义）。像其他先验冥想练习者一样，我被告知不要泄露自己所领受的"咒语"，否则会降低效力。据我的感觉，该警告可能比这个梵文单词本身更无意义，因为我不能发誓自己在严刑拷打下不会脱口而出。但事实上，截至本文撰写之日，我已愉快地将之保密九年，现在肯定也不想泄密。（何况我也压根不知道这个词该怎么拼写。）

无论"咒语"是否具有魔力，我认为人人都有可能设计出自己版本的先验冥想。只需选择一个双音节单词（或编造一个双音节非单词），然后在脑海中一遍遍重复，专注于这个"咒语"，旨在替代其他思想杂念。每当有杂念侵入，就有意识地支持这句咒语,让杂念飘走。

你若对此不满意,或者只想尝试官方版本,那就可能需要打电话给先验冥想训练人员,并接受他们的简短指导。考虑到这项技术一朝掌握就永远属于你,这个成本相当公道。你可以在本地电话簿黄页上查找先验冥想指导,或者访问他们的网站 www. tm. org。

另一种冥想方式不是把各种思想从脑中赶走,而是在这些思想的来去之间超然地关注它们,成为自己思想的观察者。还有一种冥想方式,是对某个特定短语或念头进行冥想,全面深入地思考并探索它。可以毫不夸张地说,有多少冥想者,就有多少种冥想方式。我认为,不管哪一种,只要对你有效就没问题。有些人认为音乐有助于冥想,另一些人则认为音乐会分散注意力。有些人可以很好地利用专门引导人们进入冥想的磁带,另一些人则喜欢依靠自己的精神资源。

传统上,莲花坐的姿势(该坐姿要求背部挺直,双腿交叉盘坐,双足抵着对侧膝盖)一直被用于冥想。然而,在冥想中保持舒适姿势,远比掌握像椒盐卷饼一样交叉双腿的技巧更为重要。大多数训练方式都提倡在冥想期间脊柱挺直,否则"能量流动"会明显受到抑制。虽然大多数冥想者更喜欢在地板上或椅子上的某种坐姿,我却更喜欢躺平,只是许多人发现这种躺平姿势太有利于睡眠了。

还有一种冥想你可能想尝试,那就是专注你的身体。

你首先将注意力集中在脚趾上,感觉它们在放松,想象它们发出柔和的白光。然后你继续该过程,将注意力依次引导到双足、脚踝、小腿、膝盖等部位,到头部结束,最后看到你的整个身体被白光笼罩。这种方式既是一种放松,也是一种冥想,那些很难进入其他冥想形式的人有时候会发现这种冥想更易做到。有很多录音磁带能引导你完成这种"白光冥想",这些磁带可在瑜伽中心或售卖心灵提升类图书的书店找到。

另一种常见的冥想是将注意力集中在呼吸上。你可以给自己的呼吸设立特定节奏,数数呼吸次数,或者只让呼吸成为你意识的中心。

使用五种感官冥想可能很有趣。找个舒适的姿势,闭上眼睛,聆听你能听到的一切声音。现在就试试,好吗?闭上眼睛,专心聆听你能听到的一切。你可能因为听见某些声音就产生一些想法,尝试别被这些杂念分散注意力,而要驻足当下,专注于声音本身。虽然这类冥想中最常使用的是听觉,但其余四种感官亦可。比如,使用味觉进行冥想,可以将吃苹果这个简单行为变成一种相当深刻的体验。

✳

如果你的冥想尝试未能立竿见影,别沮丧。有时你需要一段时间才能掌握诀窍。许多人从未有明显效果。毕竟,冥想本质上是一段安静的时光,独自一人,平静地审视自己的内心。它不可能像毒品注入静脉那样产生可怕的激烈刺激。

你花多少时间冥想,多久练习一次,都取决于你自己。没硬性规定,也没什么"越多越好"的普遍共识。先验冥想建议每天两次,每次20分钟,这似乎对大多数人都有效。不过,如果你觉得一天5分钟冥想很舒适,那也无妨,适合自己就行。另外,为消除你的疑虑,我还想补充一句,我们在冥想期间从未发现任何人中途离场。

然后我想,我们做到了。

噢,应该是差不多做到了。在波士顿的首次培训班上,一位女士在冥想活动开始一分钟左右,起身朝门口走去。幸亏我们的波士顿会议组织者何塞·圣地亚哥(José Santiago)碰巧睁开了眼睛,跟随她走出会议室。(那天我们只有18人参加培训,所以不能放弃一人。如果会议室座无虚席,何塞可能就不会那么快行动了!)

在走廊里,那位女士直言她有自己的宗教信仰,很虔诚,不希望我们的冥想活动威胁到她的信仰,她觉得待在会议室不安全。我不知道何塞是怎么劝导她的,但两人谈了10分钟之久,最后成功把她劝回会议室。整个上午,我一直在等她再度离开。午餐时,坦率地说,我没指望还能再见到她。但她用完午餐就回来了。下午的培训班,她更积极地参与进来,情绪上有了很大的突破,两周后给我们写了一封热情洋溢的信,而且下一培训季她又来了。当然,冥想并没有挑战她的宗教信仰,它太普遍了,我无法想象它会挑战任何人的宗教信仰,或让人丧失宗教信仰。我敢肯定,那个女士其实和所有人一样,面对一种不可预知的新局面时会感到非常恐惧。这种恐惧使她想找个借口,她很快就找到必须离开的理由,并且真的相信。毕竟,我们的内心非常擅于伪装,并能说服自己相信。

这就是恐惧的运作方式。说来奇怪,这也是我们培训班下个环节(以及本书的下一章)探讨的全部内容。

恐惧不可怕

我害怕缺乏资金有效支撑本书的独立出版。

我害怕本书写得太过仓促。

我害怕培训班上行之有效的方法印成书行不通。

我害怕本书让我落下白痴的名声。

我害怕本书详述培训班,会削弱培训班的影响。

我害怕本书亏本。

我害怕本书的出版没任何好处。

我害怕此书会占用我写其他作品的时间。

上面八句话,是恐惧训练示范的"印刷版"。在培训班上,这一环节以一对一的互动方式进行。每人选一个搭档,随后转过椅子,面对搭档,等我示范后,与搭档合作训练。

(培训班安排了很多这种训练,学员每次都会有不同的搭档。每次开始和结束时,都会移动椅子。有一次,我在科罗拉多落基山脉的一个作家会议上应邀主持一个简略版"为你的生活写作"培训班,会议组织者带我去考察一个有固定座椅的礼堂。我不得不告诉她,在那里主持培训班完全不可能。"椅子能移动,"我解释说,"是本培训班的必要条件。")

在本章开头,我列举了写这本书的恐惧,因为这正是我在做的事。在培训班上,我通过陈述自己对本场培训的恐惧来示范训练。每次培训班都不尽相同——我尽量随性演讲,而不是列举一大堆固定例子——但我想说的可能是以下这些内容:

"我害怕没精力完成这次培训班。"

"谢谢。"

"我害怕大家认为这次培训班是一大堆加州废话,与写作无关。"

"谢谢。"

"我害怕被大家不幸言中。"

"谢谢。"

"我害怕空调会坏。再过一小时,这个会议室就会像'加尔各答黑洞'①一样闷热。"

"谢谢。"

为什么说"谢谢"呢?因为这项训练就是这么设计的。训练时每组两人,甲先说一句自己对这次培训的恐惧,乙回应"谢谢"。随后甲再说出一个恐惧,乙再回应"谢谢",每

---

① 加尔各答黑洞(Black Hole of Calcutta)是法国于 1756 年 6 月在孟加拉仓促建立的小土牢,用于监禁英国俘虏,环境极其恶劣,导致一百二十余名俘虏死亡,引起了国际争论。

组就这样训练,直至我喊停。(啊,培训班主持人的权力!)接下来角色互换,乙说出自己对这次培训的恐惧,甲回应"谢谢"。

接下来怎么办呢?

这个环节还有第二阶段。我们示范后,每组的甲会说出自己对写作的所有恐惧(乙回复"谢谢")。几分钟后,两人角色轮换,乙说出对写作的所有恐惧,甲回应"谢谢"。

听起来很简单,不是吗?

我要告诉你,这是我遇过的最强大的语言训练过程之一,在这一点上,我不管主持什么培训班都得用到它。不过,在讨论其功能和工作原理之前,我希望你现在就亲身体验一下。

对,现在就开始。

首先,深呼吸。(记住,你阅读本书时可以深呼吸,做这些训练时也不例外。我其实是推荐你们这么做的。)

好,准备好一本便签本或笔记本,还有一支笔,随便什么笔都行。(你若坚持己见,可以在打字机上完成大部分训练,但我建议手写。)

现在,立刻写下你对写作的恐惧。让我如同培训班那样,先示范我对写作的恐惧,我在培训班的会议室里可能也会说:

我害怕我的写作过于浮华和肤浅。
我害怕我的写作没有深入挖掘自我。

我害怕我的写作永远无法取得预期成功。

我害怕写作时无话可说。

为最大限度提升训练效果,我有几点建议:

1.假如你没有恐惧,那就编些恐惧——即使你确信都是你瞎编出来的也没关系。

2.别试图判断自己恐惧的真实性。想到什么就写什么,不要试图弄清你是否真的恐惧,写下来再说。

3.如果某个想法让你深受困扰,甚至不想把它写下来,那还是写下来吧!

4.别审查你的想法。你也许发现自己有类似"我害怕我的写作会害死父母"这样的想法,别浪费时间告诉自己这很荒谬,或者这不是你的真实感受,不要觉得写下这个想法它就会成真。此训练旨在释放你的恐惧,你通过将恐惧从脑海中释放出来并写在纸上达到目的。(现在不妨做一下深呼吸。)

好,我们继续完成这项训练。让想法尽量自由地流动,并尽快全部写下,每句话都以"我害怕我的写作……"开始,别停笔思索,只需坚持完成这个过程即可。(你要是乐意,可以想象有个温柔热心的搭档在你写出每句话后回应"谢谢"。)没有写下至少十几条恐惧就别停笔,你也许能写出比这更多的恐惧。同时,看在上帝分上,别在意自我表达的准确程度,也别在意语法和句子结构细节。这里唯一的目标就是把恐惧写到纸上。

开始写吧！

❋

谢谢。

我无从得知你在列出恐惧的过程中有什么效果，但我确实知道它在培训班上的效果，我只能说超级有效。完成恐惧训练后，我们感到会议室的整体氛围焕然一新。

我有时将恐惧训练称为"温度—湿度控制训练"，因为它能调节室内氛围，使会议室变得舒适。在人人都花几分钟大声说出恐惧后，会议室内的氛围就变轻松了。原本似乎效率低下的空调系统好像突然运转良好。与此同时，先前感到室内过冷的人觉得变暖了，感到过热的人则觉得清凉了。

你要是能就此申请专利，插上电源插座就能发挥这种功效，那么人人都会趋之若鹜！恐惧训练对室内氛围的改善与其对精神和情感层面的作用密切相关。每个人都带着对培训班和对自己写作的极大恐惧走进会议室，甚至我们这些之前参加过培训班的人也心怀恐惧。

我们会或多或少地将这些恐惧从意识中消除。即使我们真的意识到恐惧的存在，我们仍可能尽量做到视若无睹，并对外界保密，这有合乎逻辑的理由。因为在我们看来，承认恐惧似乎就会让其变成现实，就会赋予其原本没有的力量，让我们受制于这些恐惧。

这种推理只有一个问题,那就是它完全站不住脚。拥有并承认恐惧,是让恐惧消失的最有效的第一步。正因为我们拒绝承认恐惧,用否认的毛毯将恐惧盖住,恐惧才对我们产生影响。它拥有的唯一影响力,或者说它可能拥有的唯一影响力,正是我们拒绝正视它而产生的。你可能熟知富兰克林·D. 罗斯福(Franklin D. Roosevelt)[①]关于恐惧的言论——"我们没有什么好恐惧的,除了恐惧本身。"不幸的是,我们都同意罗斯福的观点。我们对恐惧的过度恐惧,将恐惧的力量最大化。当我们成功地将恐惧的意识完全封闭起来时,就制造出了一个怪物。

在培训班上,未被承认的恐惧以各种形式呈现。敌意、愤怒、疲惫、沮丧、无法集中注意力——所有这些都是恐惧遭到压抑后的常见症状。刚开始训练时,许多受训者确实未觉察自己对培训班有任何恐惧。但在训练过程中,他们发现了如下让他们大为震惊的恐惧:

> 害怕培训班对自己没效果。
>
> 害怕自己不够优秀,无法从中受益。
>
> 害怕自己太过优秀,在培训班学不到东西。
>
> 害怕培训班是敲竹杠,自己只是在毫无意义的自我放纵上浪费了 100 美元。
>
> 害怕自己永远无法保持清醒,更别提整天保持专

---

① 富兰克林·D. 罗斯福(1882—1945),美国第三十二任总统。

注力。

害怕培训班只会让自己意识到此行是个错误。

害怕班上的其他人不是业余写手就是失败者。

害怕别人都是专业人士，自己无法跻身其中。

弗兰克·赫伯特（Frank Herbert）在《沙丘》（*Dune*）中说过，"恐惧是心灵杀手"。它能切断我们的写作进程，阻碍我们去冒险，以无数种方式助长我们自我毁灭，其能量是无限的。或许我可以从写作生涯中举几个绝佳的例子来加以说明。

最明显的是恐惧让我写"垃圾书"的时间过长。我很早就开始了职业写作生涯，早得让我觉得不可思议，我有一定的写作天赋，但不知该写什么。我一直认为练习写情色小说不仅有助于谋生，也可以训练写作技艺。

但我在这个写作层次消磨的时间过长。如今我恍然大悟，是恐惧让我无法自我拓展，也无法抓住机遇。虽说还有其他原因，但害怕尝试我不知如何做的事，害怕自己可能真的会失败，最终阻碍了我作为作家的快速成长之路。

我曾尝试走出情色小说，进入推理和悬疑小说领域，刚开始的一次经历说明了未被承认的恐惧造成的严重后果。那是六十年代①早期，我写了一部推理小说，讲述的是一个男人失手杀死了妻子。他离开小镇，来到另一个城市，为自

---

① 本书所说的年代均属二十世纪。

己编了个惯犯的新身份,并设法融入当地黑帮,结果弄假成真,逐渐成为一名真正的惯犯。

回望这本书,其实写得并不出色,但显然有些可取之处,因为我的经纪人得到的反馈如下:"这本书恐怕无法出版,但我们对作者的下本书拭目以待。"换言之,编辑们喜欢我的写作方式,但不喜欢那本书。

不过,有位编辑从书中看到可以改进的余地。兰登书屋(Random House)的李·赖特(Lee Wright)邀请我前去讨论修改的可行性,我们谈了半小时左右。她提出了各种修改方案,不是她非要如此,而是希望激发我的想象力,让我找到改进该书的正确方法。

但我当时听到的可不是这样。我最终走出她的办公室,确信她想让我对这本书做些无用功,她不懂这本书,我也搞不懂她真正想要什么,整件事毫无希望。

我从未尝试为兰登书屋重写这本书。相反,我向经纪人胡说了一通谈话的情况,并让他把书推销给其他出版商,但一直无人问津,真是咄咄怪事。几年后,我添加了一些莫名其妙的性爱场景,并把它卖给一家情色小说出版商,稿酬1000美元,以笔名出版,但该书很快就销声匿迹。多年后,有次主持"为你的生活写作"培训班,我突然意识到,当时未修改那书,是因为害怕自己力有不逮。我对李·赖特的愤怒,对她不懂行的指控,只是为了掩饰自己的恐惧而扔下的烟幕弹。我掩饰得很成功,二十多年来,我一直幸福地对自己的恐惧一无所知。顺便说一句，我不仅未尝试为她修改那本书，也从未将自己的其他作品寄给她。我最终确实将一本推理小说卖给兰登书屋，但这发生在我与李会面十四年后。

十四年！

*

我再给你举个例子，一个不需要十四年就能理顺的例子。事情发生在六十年代末。当时我正在为一家二流平装书出版商写一系列关于人类行为的书。我每年写几本，每本书预付稿酬 1500 美元。

然后有一天，我接到经纪人的电话。他兴高采烈地报告，刚与一家更好的平装书出版商达成协议。新出版商有个出书构想，与我一直在写的书非常契合。他们提供了一份合同，并预付稿酬 3000 美元，本来给我 1500 美元我就乐意写此类书，何况其酬劳高出两倍。

正如你所料，我喜出望外。我签了合同，签完后就把一半预付款存入银行（我想，这笔钱也花掉了），然后发生了一件滑稽的事。

更确切地说，什么也没发生。

我一直未能开始此书的写作。我想我可能在打字机前坐过几次，但没有任何积极结果。不过，大多数时候，我只一味地回避这个项目。

我自有理由。我有很多理由，而且都是很好的理由。有些日子过得太惬意了，故而没法写作。有些日子天气太糟糕，让人郁闷得什么都不想做，更别提写东西了。

还有些日子，我确实想写作，但想写的是其他东西。比如，一本构思欠妥的推理小说的某个章节，虽然我可能写二三十页就丢弃；一个短篇故事；另一本书的大纲。

除了签过合同的那本书，什么都可以写。

随着截稿日期的临近，我开始寻找无法写这本书的"奇妙"理由。首先，我认为出版商的想法很糟糕。也许我只是不擅长从别人的想法出发，也许我自己构思更好。这本书是一个人类行为历史个案的扩展，而不是十几个较短的历史个案组合。也许问题在于你没法这样写这类书，这么写根本不会有效果。

就这件事而言，也许我已厌倦了这类书，也许我已写够了，是时候转向别的书了，所以我对这本书有着奇怪的抵触情绪。

然后我很幸运。

我有个惊人的发现。我发现我害怕写这本书。害怕？为什么？

我害怕做不到。

这有什么意义？同类书我写过好几本，写得非常顺利，也并不比其他使用英语的人类写得逊色（如果要我自己说的话），可我为什么认为达不到别人对我的期望呢？这本书和我以前写的书有何区别?

然后我看到了区别所在。

区别在于,这本书的稿酬是以前的两倍。

这意味着出版商希望我交付质量要好一倍的书。

况且,我写那些书时已尽了全力,似乎不可能写出高出我通常水平一倍的东西。

好吧,你真正需要的就是正视这个恐惧,让它在你眼前烟消云散。显而易见,新出版商并没有期望我交付的书比以前好一倍,他所期望的是我写的书能与以前相媲美,只是这本书是和他合作出版,不是以前的出版商。他付给我这么多钱,并非期望我一夜之间提高写作能力,而是因为他喜欢我写这类书的方式。

因此,一旦我意识到自己的恐惧,并花功夫审视,恐惧就如同阳光下的雪一样融化了。我几乎立即坐下来开始写作,写起来与以前的作品一样轻松,我在截稿日期前交稿,稿子让出版商非常满意,于是他又从我这里买了几本,并且不断提高预付款。而那本书最终获得的版税超过了预付款。

但是,如果我未能幸运地发现是恐惧阻碍自己写这本书,随后正视并消除了这种恐惧,这本书就永远不会被写出来,我的职业生涯中一个非常重要的新方向就不会向我敞开,虽然我不能说这差点成了世界文学的一大损失,但因为我能写出那本书,布洛克家的孩子们在六十年代末七十年代初吃得更好,穿得更暖和。

如果我未能承认自己的恐惧呢?

那会发生什么?

我很确定这本书根本就写不出,而且我也许永远不知道原因。或者,我可能是在绝望中写完,在不被承认的恐惧的重压下行动,该书肯定差强人意;即使恐惧并未阻止你做事,它也会阻止你做得更好。

如果我没猜错,我要是没写该书,反而会责怪出版商的构想糟糕。我可能会责怪经纪人让我卷入了一桩不可行的交易。最后,我会责备自己,在某种程度上,我相信自己的失败是因为缺乏自律,我要是能全力以赴,咬紧牙关,就能成功。

弗兰克·赫伯特是对的。恐惧是心灵杀手,而未被承认的恐惧是最糟糕的一种。

*

既然我们已了解恐惧的所有坏处,那么不妨说说它的另一面。如果一项工作没有任何恐惧,那就不会有多少挑战。如果我着手一项写作计划前没有任何恐惧,那么很可能是自己未竭尽全力,除非运气好,否则成不了作家。

我当然不是说,写作生涯必须包括一系列没有安全网的高空走钢丝表演,才能有所成就。我也不是在暗示自己必须去寻找超出自己能力的任务。但我坚信,我们要取得成功,不仅要在没有恐惧的时候行动,还要直面恐惧,如果情况允许,就要伴着恐惧行动。

我们往往将勇敢等同于没有恐惧,其实并非如此。没有恐惧就不可能勇敢。勇敢是虽恐惧仍然行动,而不是没有恐惧而行动。没有恐惧,就没必要勇敢。

勇敢面对恐惧,认清恐惧并采取积极行动,就会产生巨大的力量。将恐惧转化为力量,是我和琳恩最近参加的一次晚间研讨会的主题。我们花了四五个小时聆听一位充满活力的年轻演讲者的演讲,然后与其他 600 个勇敢者一起,赤足走过一个 12 英尺(约 3.7 米)长的火炭床,结束了这个夜晚。

你以为我只会在水上行走吗!

＊

关于走火炭①,我将在后面章节中再说说。这里姑且简要说明一下,我并非无所畏惧地穿越火炭。所有人都先接受了一种催眠暗示,这样就能赤脚踩在炽热到足以熔化铝的火炭上,而不会感到灼伤,甚至感觉不到炽热。但这种催眠暗示仅仅限于大脑的潜意识层面。在显意识层面,我

① 在世界各地都有走火炭的习俗,常常是地方庆祝活动或祭祀仪式的表演,熟练的走火炭者可以快速通过火炭而不受伤。在当代,走火炭常被纳入公司组织团建的拓展训练项目,以训练勇敢精神,但这种项目非常危险,经常造成学员烫伤事故。

很确定自己尚未达到使自身免受火烧伤害的精神状态。我完全相信自己走到火堆上，然后被紧急送往圣文森特医院的急诊室。

尽管恐惧，我还是站在队伍里，直到轮到我，走过火炭继续前行。

我告诉你们这些，并非要展示我是多么伟大的英雄，而是要让你们知道，直面恐惧采取行动，并对恐惧有充分认识，会产生何等的力量。走火炭作为一种赋予人力量的体验，对我们的影响远远超出了 12 英尺的火炭床。

那次走火炭挑战发生在 1985 年 6 月中旬一个周五晚上，距离我写这本书不到两个月。我和琳恩凌晨 3 点多才回家，我一夜无眠。凌晨 5 点，出租车接我们到机场，赶黎明飞往芝加哥的航班。抵达奥黑尔（O'Hare）机场后乘出租车到卢普（Loop）的一家宾馆，十点整开始主持"为你的生活写作"培训班。晚上 7 点钟，我们结束行程，收拾好行李——罗伊·索洛勒斯（Roy Sorrels）和唐娜·迈耶（Donna Meyer）提前一天飞到这里帮忙——我们走出酒店，乘出租车到奥黑尔机场，候机期间用过晚餐，然后登上飞往明尼阿波利斯的航班，到达后很快睡觉，起床后再次主持培训班，次日返回纽约。令人惊讶的是，随着周末时间的逝去，我反而似乎精力倍增，结束比开始时更有活力。

在过去两个月里，我和琳恩意识到，我们自身的力量其实相当强大，这比单纯的走火炭行为更重要，走火炭归根结底只是个相当戏剧化的派对把戏,但我们与恐惧和自信之间的关系变化远不止于此。

*

我并不是建议你们赶快去在燃烧的火炭上漫步。我想强调的是,追求成长、成功和成就,最好的方式不是避开恐惧,也不是忽略恐惧,而是直面恐惧,有意识地向前迈进。

一旦我们意识到自己的恐惧,几乎总能比自己想象的更勇敢。有人曾告诉我,恐惧和勇气如同闪电和雷,同时开始,但恐惧传播速度更快,到达更快。稍等片刻,必要的勇气很快就会到来。

我的一个熟人跟我讲述他参加一个"领导力训练计划"拓展培训班的经历。一天晚上,他获得机会在团队面前做一个领导力练习。这是他梦寐以求的,但毫不奇怪,诸多恐惧涌上心头,他让自己的恐惧阻止了行动。

当晚他回到家,看着镜子里的自己,对自己承认,是恐惧让他错过了一项他梦寐以求的活动。于是他下定决心,绝不让恐惧阻止自己去做真正想做的事。从那时起,他的人生发生了戏剧性的变化。他如今是一名培训师,不久将成为那个培训组织的全国主管;更重要的是,克服恐惧已成为他的习惯。

你手边有笔记本吗?现在就花点时间列个清单,列出这些年来你真正想做却被恐惧阻止的事。别着急,想到什么，就深呼吸，把它记下来。清单上一些事项可能与你的写作密切相关，另一些可能无明显关联。我不知这是否重要，恐惧就是恐惧，任何影响你的事项都会影响你的写作。

完成后请审阅一下清单。（你可能希望随后几天还能添加自己想到的新事项。）

然后，你若愿意，在笔记本上写上如下声明：

"我愿意直面恐惧，决心不再让恐惧阻止自己做真正想做的事。"

然后签名，写好日期。

我在本章前面建议的"我害怕……"这项训练，你可能想多尝试几次。这个训练非常好，如我们在培训班上那样，你对搭档大声说出恐惧，搭档只需及时回应"谢谢"就行，因此不一定非要是个作家，我觉得一只鹦鹉或"爱说话的凯茜娃娃"①也能凑合一下。

与本培训班的大多数训练一样，你使用恐惧训练的次数越多，就越有效。通过训练，承认并直面恐惧会变得更容易。你不仅可以在平常笼统地列举对写作的恐惧，在开始

---

① "爱说话的凯茜娃娃"（Chatty Cathy Dolls）是美国美泰公司于1959—1965年生产的"说话型"娃娃。通过拉拽娃娃背后的拉绳，可以带动娃娃身体内的金属线圈并驱动一张小巧简单的留声机唱片，以此播放说话录音。

新的写作计划时,也可以有针对性地养成使用恐惧训练的习惯(比如,"我害怕这本书/这个剧本/这篇文章……")。另外,这项训练也适用于和写作无明显瓜葛的领域,对此你也许不会感到意外。

我给你们举个例子。那年 3 月,我和琳恩决定从纽约搬到佛罗里达州,并签订购房合同,买下这套位于迈尔斯堡海滩的房子。这确是我们心仪的房子,我们很满意。

但随后数月,我俩感受到巨大的恐惧。好莱坞历史上最卖座的五部恐怖片加起来制造出的恐惧都赶不上我们的恐惧。我们感觉非常糟糕,经历了各种负面情绪——抑郁、绝望、愤怒、敌意、惊慌、恐惧,然后又回到抑郁。我们一筹莫展,只希望这笔交易失败。我发现自己在祈祷银行会拒绝我们的按揭申请;如果不行,但愿一场飓风把房子夷为平地。

真奇怪,我们产生了那么多负能量,这房子居然没有自行倒塌!有件事拯救了我们,那就是我们承认并直面恐惧——这是我俩最近刚学会的。我们发现我们的日常对话如下:

"我害怕搬到佛罗里达后,没有任何朋友。"

"谢谢。"

"我害怕搬到佛罗里达后,会因为阳光强烈而患皮肤癌。"

"谢谢。"

"我害怕搬到佛罗里达后，这房子会榨干我们所有的积蓄。"

"谢谢。"

"我害怕搬到佛罗里达后，我们相处时间太长，会有争执。"

"谢谢。"

"我害怕搬到佛罗里达后，你会死掉。"

"谢谢。"

"我害怕搬到佛罗里达后，我们会变成无聊的人，生活很无聊。"

"谢谢。"

"我害怕搬到佛罗里达后，蟑螂会咬我们的脚。"

"这个害怕千真万确。"

"你应该说声谢谢。"

"谢谢。"

"我害怕搬到佛罗里达后……"

还有很多很多。有些恐惧一再出现，还有些很久才浮出水面。等搬到这里后（一到这里我们就无聊得脚下生出树桩子，蟑螂果然来咬我们的脚），我们基本已克服了恐惧。其中一些恐惧仍存在，但至少我们知道是什么，彼此开诚布公交流过。

如果是几年前，我的做法会迥然不同。几年前，一旦恐惧露头，我会立即把它塞回原处，并断然否认它曾存在过。

倘若这次还是如此，我不知道我们还会不会搬去佛罗里达。我相信，倘若还是如此，我们要适应这次搬家肯定困难得多。

*

恐惧训练结束前，学员会以小组形式分享训练的感觉，接下来是轮流介绍环节。每人依次站起来，面对小组，告诉大家有关自己的四件事：姓名、参加培训感受、主要兴趣以及对培训班收获的展望。几乎总有人提到，他对这类培训的恐惧之一，是他必须站在团队面前说些什么，而大家回应的笑声表明，这种恐惧普遍存在。

在轮流介绍环节，人人都必须与整个团队分享心得。你会注意到这安排在恐惧训练之后，而不是之前。

我在全速写作

你手边这会儿要是有个笔记本就最好了。

如果没有,请花点时间去取,还有笔。介绍环节之后是书写环节,我们在培训班上完成,你可以在家中完成。

这个书写环节被称为自动写作,或快速写作、不间断写作、自由写作,我想还有其他各种称呼。我发现我大多数时候称之为"自动写作"。只是这个特别的术语也被用于一种所谓的"通灵修炼",即利用占卜板,通过自己的书写传达灵魂的声音,但这与本环节的旨趣毫无关系。

不管你怎么称呼,这都是个非凡的训练环节,也是一种无与伦比的方法,用来提高自由流畅的自我表达能力。这项训练似乎太过简单轻松,从而效果存疑,但它其实不仅效果良好,而且几乎对每个尝试者都有效。

我来描述一下这个训练过程。很简单,从我给你一个句子开始。你写下该句,随后往下写,全速写作,直至我喊停。

这就是全部。

你应该写什么？这不重要。你的目标是把文字迅速写到纸上。无论选择哪个词，或者行文是否有逻辑，都无关紧要。你可能会迷失方向，偏离正题，或者一个句子没写完就掉头写别的句子，没关系。如果你思路堵塞，想不出下一句，那就写："我想不出什么可写的。"如果你很恼火，想停止写作，那就写："我受够了这扯淡的练习，想出去吃个汉堡。"写什么都行——这真的不重要。

我发现传达这项训练精髓的最简单方式是：只要笔尖在动，你就完美地完成了该训练。

这个训练说简单也简单，说难也难，它的一个功能是向你介绍写作神话中的重要人物——你肩膀上的"小编辑"。

你认识那家伙吗？像个穷小子，与我们如影随形。他趴在你肩膀上，信誓旦旦地告诉你，你不知自己在干什么。"等一下，"小编辑说，"你确定这个词对吗？你不觉得应该重新考虑最后一句话吗？你确定表达无误吗？你确定自己是个足够优秀的作家，能完成当下的写作吗？"

或许你一直认为你是小编辑唯一钟情的对象。放心吧，这个小东西四处流窜。他现在趴在我肩膀上，信誓旦旦说我有失误，说我为了介绍一个基本情节花了太多时间和篇幅，说我应该撕掉最后几页重写。（好吧，去他的。今早我已照办过一次，但现在我并不确定撕掉的那一页有什么问题。）

关于小编辑，你应该知道一些事实。没有法律规定你必须听他的。而且,你越学会克服肩膀上的批评声音,就越能让作品从内心的源头自由流出,就越不会觉得只能靠脑中用于思考、计算、推理的那部分来完成写作。

自动写作是达到目标的手段。在做这个训练的时候,不要让小编辑阻止你自动写作。他若对你唠叨,就告诉他谢谢他的意见,然后继续写下去。

✻

好,我们开始吧?你想有个舒适的坐姿,也许是坐在书桌前,手边是笔记本或便签本,还有几支笔。如果有可设置为 10 分钟的计时器,那就去设置一下。如果没有,手边放个时钟或手表,以便按时限查看时间(你不用在整个训练过程中盯着时钟,但可以不时地瞥一眼,确保不超过 10 分钟)。这里有句话可以帮你开始:

"她捡起书,扔到房间的另一边。"

现在把它写下来,然后继续。

✻

你能在这整整 10 分钟里不间断地写作吗?

如果能够,请给自己点个赞。这项训练你完成得很完美。

也许你难以置信。毕竟,很少有声音会像站在你肩膀上的小编辑那样有蛊惑力。我在 1984 年 9 月亲身体验到了这种蛊惑力。那是我们在纽约举办第四次培训班的头天晚上，我突然意识到自己很久没自动写作了，尽管几轮培训班上我一直在引领全体学员做这个训练。

于是我拿起笔记本开始训练。但差不多从第一句开始，我就确信自己做错了。"你写得不够快，"小编辑告诉我，"你挖掘得不够深。你只是蜻蜓点水。你是操纵这项训练，你并未真正让思想流淌到纸上。你在走捷径。你这个错了。你那个错了。"他就这样喋喋不休。

即使我听到并试图压制那个声音，其中的讽刺意味还是让我觉得有趣。几个月来，我一直宣称，只要不间断把文字写在纸上，就会使整个训练臻于完美，此刻却发现自己错了。当然，关键是我已很久未亲自实践了。你不能通过阅读或写作，或者通过告诉别人怎么做来掌握这个过程。你要通过亲身实践来掌握它。

我想我之前提到过，一个人能教给别人的，通常是他自己需要学习的东西。自动写作亦如此。我在前两次培训班主持此环节并赞扬其优点后，才开始亲身实践。多年前我就知道自动写作，知道它已存在很久，但从未想过亲身实践。（这些年来，除了有可能出版并获得稿酬的作品，我一直回避写任何其他东西。我曾认为这种态度是专业精神的标志，现在更愿相信这是傲慢和懒惰的结合。）

不过，我确实知道，把该环节纳入培训班是英明之举。在印第安纳波利斯的第一个上午，我不确定其效果，就像不确定这个培训班的效果一样。我只知道我站在那里10分钟，看着60个人咬铅笔。但它在印第安纳波利斯的效果不错，此后这项训练也一直做得很好。在数次看到其效果后，我决定亲自上阵。

你喜欢自动写作吗？

大多数人都钟爱这个环节。10分钟后我叫停时，班里有些人明显失望。"现在必须停笔吗？"一位女士问，"再写248页，我就有一本小说了。"

与此同时，也有少数人难以坚持。例如，偶尔有人会在自动写作过程中上厕所。近日有位女士在写了六七分钟后，突然停笔，合上了笔记本。"我写不下去，"她解释说，"所以不写了。"

每当有一人半途而废，就可能有二三十人也有停笔的冲动，但他们还是能坚持完成训练。受到阻力或意识到阻力的存在，这没什么关系。关键是你注意到有阻力，但不为所动，继续前进。

无论结果如何，或者无论体验到什么结果，请记住，定期训练会带来巨大变化。你训练越多，自动写作就会越容易，回报也越丰厚。

✳

有很多方式可以让自动写作成为你日常写作中有用的一部分。其中一些如下：

1. 作为热身运动。在开始一天的写作前,进行 10 分钟自动写作,犹如在寒冷的早晨给汽车引擎预热(现在我们住在佛罗里达州,汽车引擎不需要预热,但不管外面温度如何,我自己的写作引擎总能从热身阶段获益)。

有些人抗拒使用自动写作热身,因为他们希望自己有限的写作时间都能利用起来,而把宝贵的 10 分钟花在一页最终被扔进垃圾桶的胡言乱语上似乎是浪费,因为这 10 分钟本可以投入到当前写作中去。但根据我的经验,在自动写作上投入 10 分钟几乎总能让后续写作更加顺畅,且又快又好。

自动写作有两种热身方式。一种是像你几分钟前所做的那样,从开头第一句随意写下去。另一种是马不停蹄地开始写当天打算写的文章。如果思路出现偏差,没关系,等过后有机会把思路拉回正轨就行了。

这项技巧让我获得极大的成功。我在写本书第一章之前,先打开笔记本,写了 10 分钟打算写的章节。你要知道,我并没有对该章节进行概述、材料整合或其他准备工作,只是不停地写这一章,这帮助我调动思维,因此,当我合上笔记本,把纸卷进打字机时,我对想写的内容以及材料安排有了更全面的想法。

这一训练同样适用于小说创作。写自己打算写的东西,我可以肆意挥洒,不必担心用词或结构,甚至不必看写了什么。你也许更喜欢用这种方式来热身,又或许用一段与手头工作无关的自动写作来热身更有效。

跟随直觉尝试一下,看看哪种适合你。

2. 在写作项目开始之前。 假设你决定从下周一开始写一本书或者类似的大型写作项目,那就从现在起,每天进行 10 分钟自动写作,甚至一天两次。你可以写正在计划的项目,也可以在设定各种起始句后随机写下去。这是激发创造力的好方法,无论你如何安排这个过程,都会发现自己有很多创意,其中一些可能以后用得上。这种自动写作和每天一到两次的 20 分钟冥想是绝佳组合。你可以自动写作之前冥想,也可以在一天中不同时段冥想。

3. 在你睡眼惺忪时。 你可以先试一周,看看效果如何。在床头柜放一本便签本或笔记本,你早上醒来,睡眼惺忪时,拿起铅笔和笔记本就开始写作。别担心如何开头,任何一句话开头都行,然后坚持 10 分钟。

并非人人都喜欢如此。在你洗完澡,喝三杯咖啡前,可能非常不愿意去想任何文字,更不用说写下来了。但如果你能强迫自己这么做,可能就会发现这是进入潜意识的一种非凡途径。在尚未完全清醒时自动写作,可以摆脱头脑中理性思维的强力控制,那位小编辑更是不会现身。

4. 作为与暂停的写作项目保持联系的一种方式。 写书期间,我喜欢每周至少花五天时间在上面,有时是六天甚至七天,原因是我不想与自己正在写的东西失去联系。通过有规律地写作,我可以确保它会一直存在于我的潜意识中。

然而，尽管我把写作放在首位，有时却别无选择。也许有个牢不可破的承诺，我必须出城一周。也许要等特定的研究资料，才能进行下一章写作，而这些资料要一周后才到达。

但是，不管日程安排有多紧张，自动写作都能让我与被中断的作品保持联系。不管多忙，我总能抽出 10 分钟来胡乱涂鸦。通过对这个暂停的写作项目进行自动写作，我提醒潜意识，这仍是当前的一个写作项目，我仍在积极进行这项工作。

5. 作为保持作家身份的方式。一些作家每天笔耕不辍。已故作家约翰·克雷西（John Creasey）[1]每天都在早餐前写下两千字。艾萨克·阿西莫夫（Isaac Asimov）[2]和斯蒂芬·金（Stephen King）[3]两人痴迷写作，很难让他们离开打字机。罗伯特·西尔弗伯格（Robert Silverberg）[4]几年

---

[1] 约翰·克雷西（1908—1973），英国犯罪小说家，也写科幻小说、爱情小说和西部小说，他以二十八个笔名写过六百多部小说。

[2] 艾萨克·阿西莫夫（1920—1992），著名俄裔美籍作家，他的科幻小说最为有名，是美国科幻小说黄金时代的代表人物之一，代表作有《基地》系列（*Foundation* series）、《银河帝国》系列（*Galactic Empire* series）和《机器人》系列（*Robot* series）等。

[3] 斯蒂芬·金（1947—　　），美国现代惊悚小说大师，自 1974 年出版第一部长篇小说《魔女嘉丽》（*Carrie*）后，迄今已出版四十多部长篇小说和两百多篇短篇小说。他的大多数作品都非常畅销，有超过百部影视作品取材于他的小说，这些影片中最著名的有《肖申克的救赎》（*The Shawshank Redemption*，1994）、《闪灵》（*The Shining*，1980）等。

[4] 罗伯特·西尔弗伯格（1935—　　），美国作家、编辑，以写科幻小说闻名。代表作有《夜之翼》（*Nightwings*）、《内心垂死》（*Dying Inside*）等。

前曾说,他终于遇到写作瓶颈。他说,这个写作瓶颈期持续了令人痛苦的 20 分钟。

噢,好吧,并非人人如此。一些人遇到写作瓶颈时会停停写写,另一些人则长时间停笔。就我个人而言,我喜欢全速写作,然后在两本书之间停顿很久。

停笔期间,自动写作非常有用。虽然它可能无法让你摆脱写作瓶颈,但可以大大减轻内疚感和自我厌恶感,而后者正是许多人写作瓶颈的一部分。

如何实施?很简单,每天进行 10 分钟自动写作,仅此而已。如本章前面你所做的那样,随机选择一个句子开头,写上 10 分钟,然后合上笔记本,祝贺自己完成了一天的写作,实现了你对自己作家身份的确认。

有些人觉得这样让自己摆脱困境很危险,甚至堪称可怕。没有内疚感的折磨,我们怎能回归真正有效的写作?毕竟,恐惧和内疚不是最终促使我们重新写作的因素吗?

不,不是这样。我的一个朋友称内疚感为"心灵的黑手党",并将其描述为只有我们自己会买账的一种保护性策略。我们不能写作,至少还能郑重其事地为此感到难过,并痛揍自己。我们用内疚来惩罚自己,这样别人就不会惩罚我们。我们自己感觉不好,以为所有这些不好的感觉会激励我们回去工作。

你看出来这不合逻辑了吗?我们不会因为缺乏动机而遭遇写作瓶颈,不会通过自我感觉不好来激励自己做好工作(稍后我们会看到,只有自我感觉良好,才能做到最好)。

这一点恕不赘述。我只想说,你若发现自己遭遇写作瓶颈,或者选择停笔一阵子后,发现自己开始对此感到内疚,那就每天自动写作,只需10分钟。

即使不乐意,也要去做,哪怕强迫自己。你不能强迫自己写一本书、一个故事或一篇文章,这些东西注重质量,但自动写作不用考虑质量,只要写到纸上就行了。你只需强迫一下自己,行云流水地写下去,你就能高效地完成任务。

写上10分钟。然后拍拍自己的背,休息一天。

✳

头两次培训班上,我没提供起始句就让大家直接开始自动写作。

在第三次培训班上,我决定为大家提供一个起始句。我想,让大家都从同一句话开始,可能会对团队的活力有所帮助。

从那以后,总是由我提供起始句。我发现这样做更有效果。我认为,所有人同时出发,不如从同一地点出发。有了开头,你就不需要决定如何开始,因为开头已替你决定,你只需继续砥砺前行即可。

顺便说一句,我至今犹记得1984年3月在纽约的培训班上首次使用的起始句。我没有提前准备,决定现场想到什么就说什么。我说的是:"时钟的指针停在了9点23分"。

我并不是要说我这个开头能与"请叫我以实玛利"①相媲美，我是想说，对它记忆深刻是有原因的。我选择的这个时钟指针停摆时间，对两名与会者至关重要。因为他们在另一环节正好是搭档，互相交流过。其中一人恰好去过一所毁于火灾的房子，火灾发生时间正好是 9 点 23 分，而另一人的父亲正好在 9 点 23 分去世。（火灾发生在夜晚，死亡发生在上午，也可能是反过来，毕竟我也没具体指明时钟停摆到底是上午 9 点 23 分还是晚上 9 点 23 分，不是吗？）

你进行自动写作，有个起始句作为出发点会很有帮助。如果当前正在进行一项写作，那就不需要开头；如果你睡眼惺忪就拿起床头柜上的笔记本开始写，那也不需要一个预先设置的开头。其余情况下，有点东西让你可以动笔，会更容易开启自动写作。

有些人只是翻翻书，手指随意戳一页，然后用碰到的第一句话作为开头。这也可行，但我觉得更简单的方法，是在你有创意的时候，写 50 句或 100 句开头，以两三倍行距打印在纸上，剪成小纸条，折叠起来，放进雪茄盒里（不，不一定非得雪茄盒。帽盒也可以，或者放在帽子里也行。或者是鞋盒里，鞋子里……什么都行）。

差不多了。你若要进行 10 分钟自动写作，就从雪茄盒

---

① "请叫我以实玛利"原文为"Call me Ishmael"，是小说《白鲸》(*Moby Dick*)的开头。《白鲸》是美国著名小说家赫尔曼·梅尔维尔(Herman Melville, 1819—1891)的代表作。

里抽出一张小纸条，开始写。下面是一些起始句：

> 那只全身黑色的小猫，有只白色前爪。
>
> 他想尖叫。
>
> 她只听到海浪的声音。
>
> 女服务员恼怒地瞪了他一眼。
>
> 树上只剩下一片叶子。
>
> 他身材高大瘦削，棱角分明，皮肤因为风吹日晒而粗糙黝黑。
>
> 她抓起信封撕开。
>
> 他非常耐心地磨刀。
>
> 他厉声说："我来告诉你怎么做。"
>
> 为什么人们会这样？
>
> 他虽然腿没啥毛病，但总拄着拐杖走路。
>
> 她把奶油倒进咖啡里，凝视着杯子。
>
> 他头痛欲裂。

我告诉你，写起始句有很大的自由度，因为你知道不用一直写下去。这本身可能就是一种创造性练习。欢迎你来一起写，你会享受自己撰写起始句的乐趣。

❋

我们有时在自动写作环节播放音乐，通常是朋友杰里米·沃尔（Jeremy Wall）的钢琴独奏磁带，《作家的自我肯定》

磁带的配乐就是他作曲并演奏的。我们有时不播放音乐。有些人常说音乐使写作思路更加顺畅，另一些人则说音乐让他们走神。许多人都注意到音乐的曲调往往会影响写作情绪。

我个人在写作时很少播放背景音乐，可能是觉得音乐更容易让我分心，而不是舒缓情绪。自动写作时也懒得听音乐，因为我觉得得不偿失。你不妨尝试一下，看看哪种情况适合你。

大家经常问的问题是自动写作能否不用手写，而用打字机完成。显然，只要有效果，凡事皆可为，但我认为使用手写有明显优势。我习惯在打字机上完成几乎所有事情。我总是在上面创作，也在上面写信、备忘录和洗衣单。但自动写作时，我用钢笔和笔记本完成，我认为这样更好。

我感觉用手写字与自动写作的过程联系更紧密（哦，我想起来了，我也用手打字，但你懂的），文字似乎直接从心底流到纸上，中间没有机器的阻碍。

有些人持反对意见，因为他们所有的写作都在打字机或文书处理机（word processor）①上完成，他们更习惯这种工

---

① 一种可供文字处理的电子设备，二十世纪六十年代被开发出来，将一个键盘与录入设备结合在一起，存储介质有磁带或软盘。早期文书处理机没有屏幕，处理结果直接打印在纸上。二十世纪七十年代出现了带有屏幕的可编程文书处理机。个人电脑兴起后，这种设备被文字处理软件代替。

作方式。但我还是建议手写。我的确习惯在打字机前写作，但也习惯先把事情理顺，想好要说什么，或者通过脑中的理性思维"编辑屏幕"先过滤一遍文字。当我推开打字机，拿起笔时，那种我想在自动写作中锻炼的自发性会更容易实现。

还有其他理由。你试图全速自由写作时，不必担心打字错误、键盘卡住、敲对标点符号或其他任何问题。打字机和文书处理机的设计目的是输出成品，你使用时很难不把输出的内容视为成品。

虽说我一直在谈论手写，但顺便提一下，有些人用速记来完成训练。这似乎也卓有成效。

✳

自动写作训练结束后，要怎么处理你写下来的东西呢？

好吧，很显然，你想怎么处理都行。有些人会把自动写作的内容保存起来，但也有些人会保存自己剪下的指甲，指望万一出名，指甲也会受到追捧（我想，我要是不断保存自己剪下的指甲，一定会因此出名，但绝对不会有人想要它们）。有些人喜欢立即或稍后阅读所写内容，作为自我分析的工具。有些人会在自动写作中发现可用于今后写作的创意和话题。就我个人而言，我认为最佳做法是写完就扔（顺便说一句，你在纸上进行恐惧训练，肯定也是写完即扔。你不会想抓住那些恐惧不放，只想扔进垃圾桶，那才是它们该去的地方）。我倾向于写完即扔，原因有二。

首先,我认为,我如果明白这东西写完不看即扔,写时肯定会更自由挥洒,也更不在意小编辑的抱怨。其次,任何以这种方式出现的好创意,要么会留在脑海中,要么会在我需要时回归。(基于几乎相同的原则,我很少在讲座或培训班上做笔记,我认为自己会记住必要的内容。直接用心领会比做笔记更有效。同样,我倾向于丢弃不看的书,而不是保存以备将来所需。我不确定这是否太过理想化——如果摩西采取类似策略,我们可能就不会有摩西十诫①,而只会有摩西七诫——但这似乎最让我舒适自在。)

*

你可能从第一次练习就发现自动写作很有用。如果没用,或者如果你发现自己对自动写作非常抵触,我想敦促你坚持一段时间。

有些人抵触自动写作,因为它太简单易行。在纽约的一次培训班上,一位女士坐在座位上 10 分钟,一个字也没写。我走到她身边,猜她可能是思路堵塞,或者对此有疑问,我也许能帮她。她告诉我,她不想完成这个训练,这对她来说太简单了。我耸了耸肩,让她一个人待着。

在小组分享环节,她主动告诉大家,她没做这个训练,因为她觉得太简单。"这可能对初学者有好处,"她说,"但

---

① 据《圣经》记载,上帝通过先知摩西向以色列民族颁布了十条规定,这些规定是写在石板上的。

我不需要,我是个发表过作品的作家。"

我要求大家举手,看看学员中有多少发表过作品的作家。房间里超过一半的人举起了手。

"我不一样,"这位女士坚持道,"我出了一本书。"哦,好吧。就在那次培训班上,我们有几位曾出过书的学员,其中一位还曾几次登上畅销书排行榜。他平静地完成了这项训练,并说他很享受训练过程,从中获益良多。

✳

我为《作家文摘》撰写一篇关于自动写作的专栏文章时,收到一位来自爱达荷州的女士写来的奇怪来信。她告诉我,她永远不会尝试自动写作,因为她最不想做的就是摆脱小编辑审查声音的控制。我不记得她具体所言,但从信中可以清晰看出,她很害怕,如果放飞自我、自由表达,她不知道会写出些什么来。

我回信建议她不妨扪心自问,她害怕发现什么内心秘密。

我相当确信,有这种担忧的大有人在。我怀疑,不管是什么事情,只要能让我们不加审查地透视自己内心,大多数人多少都会有点害怕,因为这可能证实我们深藏心底的关于自身的恐惧,无论这恐惧是什么。当我们真的做了自动写作训练,并发现没什么值得恐惧时,才会感到如释重负。

我还要指出,没必要对自动写作写出的内容赋予太多意义。每隔不久,培训班就会有人对自己所写内容的暴力性质感到不安。我的女婿肯尼曾在培训班担任过几次助理,他在自动写作中展示的暴力血腥,连西部片导演萨姆·佩金帕(Sam Peckinpah)①都会呕吐。肯尼的自动写作,角色互相残害,彼此屠杀,但这并不让我担心女儿的安全。

虽然我建议人人使用自动写作训练,但在多大程度上让它成为你的生活日常,取决于你自己。你可能想每天使用,也可以带着明确目标偶尔使用一次。如果每天训练,可能有更多自由挥洒的内容,而连续几周或几个月不尝试,可能会写出不同的东西。

这很好。别忘了,自动写作是一种工具,以最适合你的方式使用它。

你若愿意,就把它当作棍棒来敲打自己。"我的天啊,我真是个没用的家伙,我没有做我的自动写作训练。"你可以让自动写作变成又一个让你感到内疚的理由,但我不建议你这样做。

你若选择利用自动写作,我想你会发现它简单强大。它的好处在于,无论写作生涯在什么阶段,它都同样有效。初学者可以使用,非常成功的资深作家也可以使用,那些跟

---

① 萨姆·佩金帕(1925—1984),美国著名导演,擅长拍西部片,血腥暴力是他电影语言的重要特征,他也以此开创了独特的"暴力美学"电影风格。佩金帕的代表作有《日落黄沙》(*The Wild Bunch*,1969)、《稻草狗》(*Straw Dogs*,1971)等。

作家不沾边的人也非常好用。参加培训班的一些平面设计师认为这可能会增强非语言创造力,他们似乎从这个训练中获益良多。

只需记住它是如何运作的,只要笔在移动,你就完美地完成了该训练。

✳

有些人首次尝试自动写作就对其结果喜出望外。"我已好几个月写不出一个字,"有人会惊呼,"现在却在 10 分钟内写了一页半。"还有人说,在自动写作过程中,创意似乎凭空而来,如有神助。对已经由自动写作开始的故事,人们往往决心在家里继续完成。

偶尔有人会被自动写作的速度和相对轻松的特点所打动,他们会想,自动写作的价值不仅体现在训练上,还是完成作品的一种方式。已故作家杰克·凯鲁亚克(Jack Kerouac)①正是如此,至少他的一些著作如此。他称自己的写作方式是"自然迸发的博普爵士乐文体"(spontaneous bop prosody),每次写作都是全速打字。(杜鲁门·卡波特[Truman Capote]②谈到凯鲁亚克的写作时说:"那不叫写作,那

---

① 杰克·凯鲁亚克(1922—1969),美国作家,美国"垮掉的一代"的代表人物。代表作有《在路上》(*On the Road*)。

② 杜鲁门·卡波特(1924—1984),美国作家,十一岁就开始了文学创作。代表作有《蒂凡尼的早餐》(*Breakfast at Tiffany's*)、《冷血》(*In Cold Blood*)等,其中《冷血》是非虚构写作史上的里程碑。

是敲键盘。")

凯鲁亚克极为欣赏爵士乐那种创造性的即兴发挥,他的目标是将其注入小说中。很明显,他试图通过摆脱小编辑的控制来做到这点。你可以自行判断他的尝试有多成功。人们普遍认为《地下人》(*The Subterraneans*)是他写得最好的书,据说该书就是这样一挥而就。

就我自己来说,我不会梦想通过自动写作创作可发表的作品。我们终究不想将大脑的理性思考部分完全从写作中驱逐出去;相反,我们想要调动自己所有的力量,使大脑的各部分朝一个共同目标努力,而正是为了实现这一目标,自动写作才如此有用。

我们可以进入下个环节了吗?如同自动写作,下个环节你也可以完美地完成,它就是茶歇。会议室后面有咖啡、茶,还有桑卡①咖啡(Sanka)。如果想抽烟,请到外面走廊去,希望大家20分钟后回到座位上。

---

① 桑卡是世界上最早的脱咖啡因速溶咖啡品牌,诞生于二十世纪初。

经验、过去和未来

写作从何而来？

墨水从钢笔中流出，铅笔尖与纸摩擦将铅色留在纸上，打字机按键在上墨的色带上打出印痕，这些都是文字浮现纸上的方式，计算机也自有处理文字的方式，但这些文字最初是从哪里来的呢？我们写作的源泉在哪里？

当然，它来自我们的内心。

"为你的生活写作"培训班上午专场主要探讨如何进入我们的"内在自我"，以促进自我表达。下面这个环节旨在提高我们对自身已拥有的巨量内在资源的认识，并提供一些方法，以便增加这些资源，防止它们最终耗尽。

你是否担心没有足够的素材可写？担心自己太年轻，尚未积累足够的生活阅历？也许你读过许多图书封底的那些作者传记，觉得自己相形见绌。（"詹姆斯·哈姆特拉米克曾因伪造文件和持械乱穿马路两项罪名被判刑，服刑期满后他从事过各种职业，比如脱衣舞者、水果采摘工，以及美国钢铁公司企业礼品部门副总裁。第二次婚姻失败后，他出海航行，在南太平洋航行了好几年。他22岁时回国，然后……"）

上大学时，我迫不及待想走出校门体验生活，以为这样就会有很棒的素材可写。我恨不得像斯蒂芬·克莱恩（Stephen Crane）①那样在鲍里街（The Bowery）廉价旅馆里住上几晚，像杰克·伦敦（Jack London）②那样跑到阿拉斯加，像弗兰克·哈里斯（Frank Harris）③那样积累更多的性欲体验。天啊，要是我有素材可写就好了！

我从没想过"周一俱乐部"。

你可能会问，周一俱乐部是什么？好吧，我来告诉你。这是个由七八个女人组成的小团体，我母亲是其中之一。三十多年来，每个周一下午，她们都会聚集在其中一人的家里打上几小时麻将，同时参与俱乐部主要活动，其中当然包括描述和评论熟人的隐私，更不用说那些不幸缺席的成

---

① 斯蒂芬·克莱恩（1871—1900），美国诗人、小说家、记者，代表作有《红色的英勇标志》（*The Red Badge of Courage*）、《街头女郎玛吉》（*Maggie: A Girl of the Streets*）等。下文所说的鲍里街，就是《街头女郎玛吉》的故事发生地，曾是个卖淫者和酒徒聚集的街区。

② 杰克·伦敦（1876—1916），美国著名的现实主义作家，他的作品在全世界广为流传。代表作有《野性的呼唤》（*The Call of the Wild*）、《热爱生命》（*Love of Life*）等。他曾在年轻时去往阿拉斯加，加入淘金者的队伍，和三教九流的人物混迹一处。在阿拉斯加的生活，成为他小说的重要素材。

③ 弗兰克·哈里斯（1856—1931），爱尔兰裔美国作家、记者、编辑、评论家。他的自传《我的生活与爱》（*My Life and Loves*）充满了大量性描写，曾在世界各地被禁止出版。

员了。

我无法告诉你,我人生的前十几年,有多少个周一下午是在牌桌附近听她们的八卦度过的。我会坐在隔壁房间看书,或者趴在离牌桌几英尺远的地板上玩玩具,同时小心屏蔽这些女人所说的每一句话。

谈谈你错过的机会吧!唉,我当时一定在无意中听到了足够多的热门八卦和人格诋毁,足以让我和约翰·奥哈拉一较高下,让我能在业余时间每天写三部肥皂剧,而当时的我却像个该死的傻瓜,置若罔闻。想象一下,如果杜鲁门·卡波特拥有像我这样的童年会做些什么!

有篇名为《一英亩钻石》的文章,经常出现在励志文集中。我记得,这篇文章讲述某人在世界各地寻找发财机会,却忽略了他家后院货真价实的一英亩钻石。嗯,童年时代的我就这样有意忽略了整整一平方英里的钻石宝藏,不仅有周一俱乐部,还有周五桥牌游戏,偶尔还有纸牌游戏,再加上其他一些活动,都是各类消息和评论(你若愿意,可以称为解释性报道)进入我们家的途径。

人们说,没什么会被遗忘,任何触动耳朵的东西都会被记录在某处,无论当时的大脑是否有意识地听到它。所以我想可以去找个催眠师,让他把我在那个易受影响的年龄没听进去的所有信息都翻出来。("叫红桃。你看见她周六晚上穿什么了吗?""她的色感还有待提高。我不叫。""两张红桃。他们周四去奥利弗酒吧,约翰尼不得不连续三次告诉他们,已订好餐位。""我不叫。那是菲尔,你永远无法让他离开酒吧。""真的吗? 你是说两张红桃吗,我的搭档?")

但假如一切都没丢失,都被记录在某处,也许就没必要通过催眠来唤醒了。也许我不必刻意回忆就能利用这些记忆,也许我其实一直在无意识地利用它们,因为它们已成为我总体经验的一部分,也许这些年来我一直在无意中重现周一俱乐部的八卦。

*

手边有笔记本吗? 是时候体验这个环节了,训练过程与恐惧训练环节相同:你选择一个搭档,把椅子转过来面对搭档,然后开始。

如果通过书写来完成这项训练,效果也是奇佳。找一张白纸,在顶端写下:我在写作中可以借鉴的生活经验,然后列个清单。你的清单内容可能如下:

1. 我编辑大学校报的经历。

2. 我不听"周一俱乐部"节目的时间。

3. 我对爱尔兰历史的了解。

4. 我姐姐的精神疾病。

5. 我十六岁时独自坐公交车去佛罗里达。

6. 高中时跟同学处不好关系。

7. 我加入童子军并晋级为"鹰级童子军"(Eagle

Scout)①的岁月。

8. 我父亲的死亡。

9. 我的钱币和邮票收藏知识。

10. 我在外滩群岛(Outer Banks)钓鱼的那个月。

我若继续写下去,可能会列出与这本书一样长的清单。现在请你来完成这个过程,写下想到的一切,别让你的内部审查机制屏蔽掉任何东西。别停下来判断能否去芜存菁,或者你是否真想把它写下来。同样,别担心别人如何看待你列出的内容。没人会读你的清单,写完就可以扔掉。

我希望你能坚持 10 分钟。如果你喜欢这项训练并想继续,请随意,现在就开始吧。

✳

你做得如何?

在培训班训练时,大多数人发现,他们在写作中可借鉴的素材远超想象。有些人事后分享说,生活似乎比以前意识到的更加丰富。另一些人报告说,他们以前视为理所当然而被忽视的经验,现在全可以被看作对写作有潜在价值的背景材料。你若分享自己的体会,会是什么?

---

① "鹰级童子军"是美国童子军的最高级别的荣誉,需要在加入童子军后取得至少二十一个专科荣誉奖章(如露营、急救、游泳、环境科学等各种门类),只有极少数青少年能通过审核获此殊荣。

花一点时间（或者你想花多久都行）把它写下来。

我们每个人都有一个无限丰富的经验宝库，我们可以在写作中利用它。无论是旅行还是待在原地，无论过着引人注目的公开生活还是私密生活，无论研究生毕业还是高中没毕业，我们在这个星球上度过的每一刻都被存入我们经验银行的账户，无论何时坐在打字机前，都可用该账户开出支票。

弗兰纳里·奥康纳（Flannery O'Connor）①曾说过，一个人只要有过童年，就有足够素材写一辈子小说。虽然对一些人来说，童年可能一度生死攸关，但我们都熬过了童年，不是吗？

*

别离开，这个环节还有第二部分。有些作家面临的危险是经验银行账户会随时间的推移而耗尽，他们会在写作中汲取经验，却不会在生活中增加经验。一些作家为了能将人生经历直接转化到作品中而投入新世界。威廉·萨默塞特·毛姆（William Somerset Maugham）②前往东方寻找情

---

① 弗兰纳里·奥康纳（1925—1964），美国著名小说家、评论家，在其短暂的一生中，写出了两部长篇小说、三十一篇短篇小说以及一系列评论文章。其代表作有长篇小说《智血》（*Wise Blood*）、《暴力夺取》（*The Violent Bear It Away*）及短篇小说集《好人难寻》（*A Good Man Is Hard to Find*）等。

② 威廉·萨默塞特·毛姆（1874—1965），英国著名小说家、戏剧家，代表作有长篇小说《月亮和六便士》（*The Moon and Sixpence*）、《刀锋》（*The Razor's Edge*）等。

节;亚历克·沃（Alec Waugh）①也曾到加勒比海进行过类似的朝圣。詹姆斯·琼斯（James Jones）②除了一场早已逝去的战争之外，写不出其他新鲜的东西，他投身水肺潜水运动，想以此为背景写一部小说（但效果欠佳，只有回归二战主题，他才得以重拾早期小说的力量）。我们一些作者有意控制自己，努力避免这种经验的耗尽。有时候，作家在首部小说中绽放丰富的内容，在后续作品中则付之阙如。一些新作家刚开始创作时，将手头所有东西都投入其中，为读者提供了足够的情节、人物、背景和事件，但如此写上六七本小说后，就难以为继。随着时间的推移，能写的素材越来越少。

我们可以采取哪些应对措施？我们以自身经验造就的景观，如何才能不破坏它的生态平衡呢？

答案当然是随着生活的继续，我们继续把经验存入银行。我们可以通过体察生活铺展开来时的丰富性，有意识地接纳新经验，让这些银行"存款"更有价值。

请打开笔记本，翻到新一页，顶行写下：为增加人生经验，我所能采取的行动。

以我的清单为例：

---

① 亚历克·沃（1898—1981），英国小说家，一生大部分时间都生活在海外。他弟弟伊夫林·沃（Evelyn Waugh，1903—1966）更有名，著有《故园风雨后》（*Brideshead Revisited*）等作品。

② 詹姆斯·琼斯（1921—1977），美国小说家，1939 年加入美国陆军，并亲历了第二次世界大战。代表作有《细细的红线》（*The Thin Red Line*），是他的"战争三部曲"中的第二部。

1. 学习西班牙语。

2. 参观纳齐兹（Natchez）和维克斯堡（Vicksburg）①。

3. 学点电脑知识。

4. 自助出版一本书。

5. 参加帆伞运动。

6. 加入本地的园艺俱乐部。

7. 学习建筑课程。

8. 来段风流韵事。

9. 乘船游览卡卢萨哈奇河（Caloosahatchee River）。

10. 献血。

你要不假思索地列出清单，不要纠结于自己是否真想将所写的事项全部付诸实践（反正其中一些事项可能相互排斥。比如，我要是乘船游览卡卢萨哈奇河，蚊子会确保我没有足够的血液捐献。我要是有了风流事，琳恩一定会安排一些事情，让我好好输一顿血）。

不要被下列想法所束缚：一旦列出某事，要么必须去做，要么因为没做感到内疚。这不是此训练的目的。此训练旨在让你意识到，所有人都有无限机会为未来写作提供素材输入的渠道。清单上的一些事你可能非常想做，另一些事不想做，还有些事你并不太在意。没关系，我的清单也是如此，你可以自行区分。

---

① 这两处是美国密西西比州的城市。

还是那句话,至少花 10 分钟来列出清单,如果乐意,可以多花点时间。

去做吧。

＊

你做得如何?

大家分享这个过程时经常说,他们惊讶地发现,想出能做的事多么轻而易举,并且想出的事情都是自己真正想付诸行动的。我们乐于参与的活动,总是被无限期推迟,而这些活动肯定会给写作提供许多知识和记忆。

我们推迟行动,往往是因为觉得这些行动没什么价值,或是太过放纵。毕竟,人的时间都是有限的,要认真对待写作这件事,就该把所有可用的时间都花在写作上。辛克莱·刘易斯不是说过吗?如果我们是作家,为什么不回家写作?

如果我种玉米,就不能年复一年地在同一块地里种植。我必须每年另种一季豆科作物来恢复土壤中的氮,必须让土地再休耕一季来补充养分。这样做并非任意妄为,恰恰说明我是个有远见卓识的农夫。

我们为增加知识和经验参与的活动,始终在支持我们的写作事业。我们比较容易相信我们不觉得有趣的活动,这也许是出于残存的清教伦理信仰,H. L. 门肯(H. L. Mencken)①

---

① H. L. 门肯(1880—1956),美国记者、讽刺作家、文化评论家。

曾给这种信仰下了个定义,那就是对"某地某人有可能快乐"这件事挥之不去的恐惧。

正如我们所言,写作是一项整体性的活动。我们不仅用指尖和大脑写作,不是把文字落在页面上才算是写作。我们说把所有时间都花在了写作上,这绝非妄言。

你刚列出的清单,一个关键目标就是帮你转变态度。如果你把自己做的每件事都当作是为日后写作做准备,那么你在忙于生活时,可能会对自己的生活多一点关注。你可能会因此选择没走过的路,探索不熟悉的地方,选择能拓展人生经验的替代方案。

当然,从最广泛的意义来说,你所做的每件事都是一次经验,每次经验都是新鲜的。即使你每天开车走同一路线去上班,只要敞开心扉,每次都会有新鲜感。古希腊哲学家赫拉克利特曾告诉我们,人不可能两次踏进同一条河流,因为河水在流动。在某种程度上,我们活在当下。无论是攀登阿尔卑斯山还是坐在家里看《头奖保龄球》(*Jackpot Bowling*)节目,我们都在不断增加自己的经验储备。你可能希望多加训练,只是这并不适合每日使用(除非你非常强烈地感到自己没什么可写,或者写的东西千篇一律),但你可定期重复训练一次。

更重要的是,你要让一切融入你的意识。当你发现自己开始回忆过去的失败或伤痛时,提醒自己这不过是供你在写作中挖掘的又一个经验罢了。当你盖上打字机,花了一天时间钓鱼时,你要相信,你正在为自己的经验储备增添有价值的素材。

你最难忘的角色

　　培训班的下一个环节是自发性角色塑造训练,这很容易描述。找个搭档,移动椅子,与搭档面对面。甲开始向乙描述一个角色,每次说一句。("我朋友苏珊有一头红头发。""谢谢。""我朋友苏珊住在殡仪馆楼上一间出租屋里。""谢谢。""我朋友苏珊十九岁。""谢谢。""我朋友苏珊能减掉五磅①。""谢谢。""我朋友苏珊七岁时患了风湿热。""谢谢。""我朋友苏珊怕狗。""谢谢。""我朋友苏珊不擅长在家里养植物。""谢谢。")

　　接下来轮到乙,乙用同样方式描述另一角色。然后你们互相感谢,把椅子摆回原位,闭上眼睛,让我带你们想象刚刚塑造的角色。

　　然后用 15 分钟写写这个角色。我之前说过,"为你的生活写作"培训班采用的训练大多并非原创。恐惧训练来源于一个人际关系专题研讨班,自动写作则是一种已经存

_____

　　①　约 2.3 公斤。

在很久的技术,还有诸多训练方法,都是根据我耳濡目染的东西改编而来。

但据我所知,这个角色塑造训练属于我的原创。我首次构想本培训班内容时,它基本就以现在的模样呈现在我面前。我未曾多想,它就不请自来,这是一份来自我的潜意识或宇宙的礼物,如果有任何先例,我也无从得知。

唯一的问题是我无法知道它是否有效。其实整个培训班是否有效我也不知道,但我尤其不知道这个环节是否有效。因为我从未见过任何团队尝试过类似做法。

它在印第安纳波利斯效果很好,两周后在纽约也很成功,此后它一直所向披靡。

很不幸,恐怕你只能信我所言。因为这项训练并不能很好地从培训班现场搬到书上,我想不出让你独自训练的方法。不过仔细琢磨一下,也许我可以。当然,这是不同的训练,但涉及一些相同的基础,应该有效。

首先,把这本书抛开,出门寻一个你可以观察几分钟的人,别让自己出洋相。要选择陌生人,一个只能通过观察了解的人:公交车上和你隔座的人,或者餐馆里与你隔几张桌子的人。然后花时间观察并感受这个人。不要做笔记,尽量细致观察就行,注意此人的穿着、动作、说话方式,诸如此类。重要的是你对此人的感觉,而不是你能回忆起多少细节。

在回家途中琢磨此人。试着让自己了解此人是谁,了解此人的感受、反应和想法。如果觉得冥想有用,可以回家后对你的观察对象进行冥想。

接下来,拿出笔记本,翻到新一页,在顶端写上你给他取的名字。

然后,写下关于此人的文字,一次写一句。你写下的内容有些来自直接观察,有些则是你的原创,有些可能介于两者之间。

你的句子清单可能如下:

梅尔文

梅尔文四十二岁,未婚。

梅尔文头顶脱发愈加严重,他试图梳头隐藏秃顶,但无效。

梅尔文曾在越南当过后勤职员。他这辈子有过三次同性恋经历,但他告诉自己不算数,因为当时他都喝醉了。

梅尔文有眼镜,但很少戴。

梅尔文父母双亡。

梅尔文有个哥哥,但两人关系不睦。

梅尔文天生是修理机器的能手。

梅尔文销售并维修园艺设备。

梅尔文两年前进入这个行业,现在经济窘迫。

梅尔文和一个离异教师交往四年了,然而他宁死也不娶她。

梅尔文曾挨家挨户推销百科全书，但在头三周一本也没卖掉，随后辞职。

梅尔文钟爱乡村音乐，尤其开车时喜欢聆听。

梅尔文有一辆用来做生意的旧卡车，还有一辆开了四年的福特野马，车顶已剥落。

梅尔文需做牙科手术，但不肯去。

梅尔文曾爱上一个黑人女性，但他及时抽身。

梅尔文退役后从不喝烈性酒，但很会喝啤酒。

好啦，关于梅尔文的情况，这绰绰有余了。我相信你已经明白了这个练习怎么做。自由、自发地写下清单，如同把这一切告诉某个伙伴。别担心前后矛盾，看在上帝的分上，也请你别在意语法或风格细节。让你的清单至少与我刚才的示范同样长，甚至可以随意加长。如果可以，就写上好几页。

然后合上笔记本，别阅读这张清单，去喝杯咖啡吧！走出家门，绕街区走一圈。

一刻钟或半小时后，用你喜欢的姿态开始冥想，想象自己所写的角色（此时不要查看或参考清单）。用10—15分钟的时间，任凭自己想象这个角色度过的平凡一天，"看到"角色在各种情形下的表现——吃饭、睡觉、走路、跑步。将角色放在不同环境中体会。

然后打开笔记本，花一刻钟在新一页描写该角色。可以是人物素描、一个场景、一则故事,一封该角色写的信、给该角色写的一封信,或者关于该角色的一封信,任何形式皆可。记住,这仅是训练,怎么写都不算错,所以不用担心风格或语法问题。让你的写作像自动写作一样轻松流畅,不必在意小编辑的批评。

✱

我想强调一下,以上训练,在几个重要方面与我们培训班的现场训练有所不同,但这并不意味着它必然效果差一点,只是形式不同而已。无论哪种形式,都可以成为强大工具,助你提高有效表达自我的能力。

如本文所述,这个训练的家庭版本你可以根据需要随时进行。如果养成了这种观察和推演的习惯,你可能会发现在街上偶遇的行人越来越多地出现在你的写作中,但这并不是真正的重点,更重要的是它有可能调动你潜在的部分自我参加创作。

因此,无论你是否对写小说感兴趣,这个训练都同样有价值。鉴于我写的作品,要么是小说,要么关于如何写小说的,有些人自然认为本培训班专门或者说主要是为小说家设计的。但本培训班大多数训练环节并非如此,即使是这样一个看似采用虚构形式的训练,其关注重点更在于想象力、直觉和创造力,而不是开发一种编造虚构人物的技术。

近年来,要区分虚构和非虚构作品变得越来越难。小说家们把真实人物和事件写进书里,用小说的外衣掩盖,而记者们则以"新新闻主义"(New Journalism)的名义编造人物和对话,要区分绝非易事。

更难区分的是小说家和非虚构作家之间的区别。各种人士都会来参加本培训班——小说家、记者、诗人、词曲作者、编剧,还有各类写作皆有涉足的人。我们有个发现,也是大多数学员在培训班上发现的——凡是作家似乎都有个惊人的共同点。

我们的共同点,就是固执地认为自己与别人绝无共同之处。而你与作家同行相聚时,发现事实并非如此,这本身就是一种温暖的丰富体验。

与作家同行接触对所有人都至关重要。无论正确与否,我们大多数人都觉得,外行人无法理解我们。我逐渐相信,作家会议最重要的功能是为作家们提供交流切磋的机会。在这类聚会上,讲师的讲座、对我们作品的评审意见,都远不及同行陪伴的价值高。

显然,你不必为了接触同行而来参加"为你的生活写作"培训班。虽然本培训班的情感氛围确实会促进人们轻松快速地形成强有力的支持关系,但还有别的途径让你享受作家同行的陪伴。稍后我们将对此进行更多讨论。

现在,我们来谈谈直觉。

你想买个水晶球吗？

在五十年代后期,克莱斯勒公司做了一项广泛的市场研究,研究美国消费者对汽车的真正需求。调查结果明确无误,毋庸置疑。美国消费者想要一辆线条简洁、不花哨的汽车。最重要的是,消费者厌倦了大多数汽车所炫耀的装饰性大尾翼。

克莱斯勒公司为此调整了来年的设计决策。然后有天晚上,该公司的一位高管开车回家,也许是去大马士革的路上,他仿佛被晴天霹雳击中。"不,该死!"他说,"我喜欢尾翼。"

于是,他次日早上就去公司扔掉调查结果。第二年,克莱斯勒的汽车配备了有史以来最大的尾翼。那年公司创下了史上最高销售额。

为什么?不是因为调查出错,而是因为美国消费者口头想要的和他真正想要的是两码事。他喜欢认为自己明智、务实和节俭,所以他告诉自己(以及任何问他的人),鱼身上才要尾翼,普利茅斯(Plymouth)①不需要。但后来,他

---

① 克莱斯勒公司的著名汽车品牌。

在经销商展厅来回挑选时,他选中的那辆车简直就是一辆名副其实的深海怪兽。

这都是后见之明。那个否决研究报告的人那样做,并不是因为他设法找出了报告的症结所在,而是他确实喜欢尾翼,并凭直觉感到别人也喜欢尾翼——不管他们说过什么,或者调查显示他们说过什么。他遵从自己的直觉,结果证明他的直觉是对的。

✳

那个克莱斯勒公司高管承受了巨大风险。如果根据市场调查的确凿数据做出决策,无论这些车销售好坏,他都可以证明决策正确。相反,无视数据,跟随最佳直觉走,就会置身险境。如果他的行动最终被证明是正确的,他会看起来像个天才。如果销量暴跌,人们会普遍认为他是个目光短浅、刚愎自用的蠢蛋。

我们整个文化都有相当大的理性主义偏见。随着科学发展摒弃了迷信,我们越来越依赖配备大量事实性知识的思维能力,根据事实推断分析、理出头绪。当我们将理性分析应用于日常生活的方方面面时,我们告诉自己,这是科学态度。

如果我们花更多时间倾听科学家的声音,可能就不这样了。

宇航员埃德加·米切尔(Edgar Mitchell)从月球返回

时,他的精神/情感经历让他确信,人类最值得全情投入去探索的,不是外部空间,而是内部空间。因此,他创立了思维科学研究所(Institute of Noetic Sciences)。在该研究所现任所长威利斯·哈曼(Willis Harman)最近出版的《更高的创造力》(*Higher Creativity*)一书中,一个个科学家被作为例证来证明,突破性的创造并非源于依靠智力与问题苦苦纠缠,而是放手的结果,创造力直接源于直觉。

多年来,科学家们一直这么说,只是我们选择性地对他们告知的事实充耳不闻。我们更愿意将他们视为纯粹的知识分子和完全理性的人,然而他们一直都在追随直觉,关注自己的梦想。

我们不愿相信直觉的力量,也许是因为自己的智力无法理解它。几个世纪以来,学者们一直努力证明莎士比亚戏剧并非威廉·莎士比亚所写。从埃斯库罗斯①到迪斯雷利②,几乎每个人都曾一度成为莎士比亚名头的候选人。我对这个争论不感兴趣——我不知道,也不在乎作者是谁——但我觉得有趣的是,大家都希望作者不是威廉·莎士比亚。

---

① 埃斯库罗斯(Aeschylus,前525—前456),古希腊三大悲剧诗人之一,有"悲剧之父"的美誉。

② 本杰明·迪斯雷利(Benjamin Disraeli,1804—1881),英国贵族,政治家、作家,曾两次出任首相。1837年,迪斯雷利出版了一部小说《威尼西亚》(*Venetia*),其中有一个以诗人拜伦为原型的角色,质疑莎士比亚本人是否写了"一半署名归于他的剧作",甚至是否写过一部"完整的剧本",该角色认为莎士比亚不过是"剧院里能力卓越的故事改编者"。

因为我们认为莎士比亚所受的教育和才智，无法写出如此辉煌的作品。因为，看在上帝分上，一整个宇宙都在那些戏剧中闪闪发光，莎士比亚这个人怎么可能有智慧写出这些作品？

从另一方面来说，其他人怎么可能写出来？无论一个人的才智如何出色，受的教育如何广博，他的头脑里怎么会有如此深刻完美的抑扬格呢？一个正常人怎么可能写出这样的作品？

同样，莫扎特怎么创作出他的交响曲？他从小就开始作曲，这对他来说似乎毫不费力。据说他曾宣布作曲是世界上最简单的事，写下在脑海中听到的音乐即可。

但首先，你必须得听到那些音乐。

*

我们如何解释莎士比亚和莫扎特？我们如何解释那些作品超出能力范围的人？

为回避这个问题，我们通常称他们为天才。在讨论动物行为时，这个词扮演的角色类似于本能。为什么鸽子能找到回家的路？为什么狗在躺下之前转三圈？或者，世界上所有的鳗鱼如何找到回到马尾藻海（Sargasso Sea）的路线？我们一无所知，只能称之为本能。当一些人在音乐创作、数学拓展或赛马中表现出超凡才华时，我们称他们为天才，然后就此打住。

什么是天才？

不同字典会提供不同的答案。我可以提出一个定义吗？天才是一种在某个特定领域凭借自己纯粹直觉来行动的超凡能力。

✳

本培训班信奉的原则之一就是大家皆为直觉天才。

我仍然记得三十年前刊登在《周六评论》(*Saturday Review*)上的一幅漫画（我在《作家文摘》专栏中也至少提到过一次），它被张贴在安提奥克大学英语系公告栏上。一位校长正从课桌上方注视着一个小男孩。"仅仅是个天才还不够，阿诺德，"他告诉他，"你必须是某个方面的天才。"

我们都是某个方面的天才。

我们习惯认为直觉是相对的。我们都认识一些直觉超常的人。我儿时的一个朋友总是在电话铃响之前接电话。他会莫名其妙地朝电话机走去，然后电话铃就响了。他不认为这是一种通灵能力，或任何非凡的能力。据他解释，他会在电话铃响之前听到一些声音。他不明白为什么别人似乎听不到。

我越来越相信我们都有直觉，如果我们凭直觉行事的能力存在明显的个体差异，那是因为一些人更容易进入直觉。

"进入"。这个词又出现了。如果你把心灵想象成一座杂乱无章的巨大房子，走廊密布，走廊连着数不清的房间，这可能帮助你注意到其中的区别。有些房间的门是一直开着的，有些门很容易打开，有些门只有用力推才能打开，还有的似乎被锁住了。你要日益学会根据自己的直觉行事，这比学习如何打开那些门更重要。我不喜欢思考如何培养一个人的直觉，这就如同直觉是一块肌肉，只要适当锻炼，它就会生长。我相信，正如人人皆有直觉，我们的直觉已充分发展，我们要做的是打开直觉之门。

✳

我敢肯定，你曾在某领域有过超常发挥，时间可能是片刻、几小时或一整天。在写作期间，你或许也会有段时间突然写得特别流畅，如行云流水；你能够以巅峰状态写作，文如泉涌，如有神助。又或许是在打牌期间，你竟然对别人手中的牌都了然于心。

在体育领域，这就是作家约翰·杰罗姆（John Jerome）所说的"甜区"。我虽在体育领域一直表现平平，但也曾有两次达到那个"甜区"，那两次经历我相信自己永生难忘。

一次发生在我大学一年级时。当时我在一个毫无希望的球队参加校内篮球比赛。我们每次都输，往往一局输上四五十分。但在一个令人惊讶的下午，我突然拥有了超凡能力，每次出手就能把球扔进篮筐，这根本就是魔法。我们全队得了 28 分，其中我得了 22 分（我记得另一支球队得了

66分)。

尽管次日的表现再次如往常一样糟糕,但那个下午,我幸蒙上天眷顾。

类似事件曾发生在七十年代初的台球桌上。当时球技不过尔尔的我,度过了一个不容错过的夜晚,每个球都能打进,每次都让白球恰好停在下一球的最佳击球点,虽然我可能还没准备好和明尼苏达胖子①打九球,但在唐·韦斯特莱克(Don Westlake)②的台球桌上,我可确实是个炙手可热的台球高手。打完一局时,我忆起在篮球场那个下午的经历,告诉自己,不妨好好享受这个过程,因为这可能昙花一现,果然,第二天我恢复常态。

这两次经历都告诉我,我能非常准确地投篮,也能让台球指哪打哪。在上述两个场合中,我不知何故偶然获得这种能力。通往自我的那扇门打开了一段时间——尽管上帝知道我并非有意打开——然后"砰"的一声关上了。我很想重新打开它,但不知当初是怎么打开的,甚至不知何处可找到这扇门。我四处寻找,只找到一堵天衣无缝的墙。

---

① 明尼苏达胖子(Minnesota Fats)是美国小说家沃尔特·特维斯(Walter Tevis,代表作《后翼弃兵》[*The Queen's Gambit*])创作的虚构角色,是个台球骗局高手。该角色出现在小说《骗子》(*The Hustler*)中,小说后来被好莱坞改编成同名电影。美国职业台球手鲁道夫·旺德隆(Rudolf Wanderone)曾使用绰号"纽约胖子",在电影流行之后,开始自称"明尼苏达胖子",以扩大自己的知名度。

② 唐·韦斯特莱克(1933—2008),美国作家,出版过超过一百部小说作品,擅长犯罪小说。他是劳伦斯·布洛克的朋友。

我在打字机前获得"甜区"眷顾的次数更多。有时,好些段落、好多页甚至整本书都似乎自动涌出。有时,虽然我非常清楚自己就是那个写作的人,可是我想要的文字就那样丝毫不费力地纷沓而至。我恰好知道该写什么,怎么写,用不着提前构思,情节发展就会突如其来,并且恰到好处。我在叙述中无意添加的一些貌似无关紧要的元素,后来却感觉是对的,非常契合整体行文布局。

我最好的作品就是这样写出的。我们该明白,虽然与莎士比亚和莫扎特相比我望尘莫及,但我若在巅峰状态写作,是凭直觉行事,发挥自己的天才能力。

❋

在"为你的生活写作"培训班上半场,所有环节旨在解放直觉,增加我们接触直觉的机会。最后一个环节旨在向所有人展示我们是怎样的"通灵奇才"。这个环节也是结对练习,不适合书面展示,因此这里做不了。除了结对的搭档需要分享对彼此的直觉印象之外,其余恕不赘述。

我们的学员总是对自己天才的直觉惊叹不已。也许是因为会议室的热烈氛围为训练创造了一个舒适氛围,许多人都以惊人的精准度完成了这项训练。

我们设置这个环节,不是培训什么专业"通灵大师",也不是觉得这样的训练会"培养"直觉。相反,这是因为它在两方面居功甚伟。其一,它戏剧性地向我们展示了直觉是多么敏锐;其二,它帮助我们理解自身直觉的运作,以及我们是怎么习惯性地干预直觉运作的。

在后一种情况下,我们发现直觉的最大阻碍是理性思维的干预。一旦我们开始有意识地试图通过解读对方的衣着、面部表情和肢体语言等信息来了解搭档,也就立即将直觉拒之门外,开始做出错误猜测。相反,一旦摆脱了理性思维的束缚,就能获得真正的直觉。我们还发现了其他一些趣事。例如,我们很早就知道,我们小小的"读心术"训练在很大程度上是个"双向奔赴"的过程。

"我的搭档一开始全错,"在布法罗(Buffalo)举办的培训班上一位女士告诉我们,"然后我想起你介绍冥想时让我们想象的白光,我把那束白光放置在搭档的头顶,想象它流过她的身体,然后她就全对了。这是怎么回事?"

"我不知道。"我说。但我猜,这意味着她通过以帮助搭档为目的的心理练习敞开了心扉,直通搭档的直觉。一个人的开放似乎是提高另一个人洞察力的必要条件。

"我的搭档出奇地准确。"另一个人分享道,"我真的很喜欢这种感觉,但有人这样彻底看透我,让我有点不舒服。只是我一旦不舒服,她就开始犯错。过了会儿,我觉得内心放松些,然后她又能说准了。"

我们在培训班中说过,你的直觉已洞悉一切,你的直觉总是非常准确。这并不意味着我们不用思考就直接写作,然后踢掉鞋子,开始排练诺贝尔奖获奖感言。

你的直觉是什么？我不知道。你如何看待自己的直觉可能取决于你个人精神信仰的性质。如果你相信有更高层级的力量以某种形式存在，就会倾向于把直觉视为进入其中的通道。如果你笃信荣格的学说，就可能认为直觉是进入人类集体无意识的通道。也许所有人类都共享某种深刻的心灵感应网络，而直觉就是你与那个网络的连接通道。

以我自己为例，我有时能分辨何时是在理性思考，何时是直觉在运作。对我来说，"为你的生活写作"培训班对我个人要求最高的部分是在下午，我会花时间帮助学员确定他们的"个人律法"，并找到他们理想的自我肯定方式。

正如下面几章要探讨的，人们往往很难从自己的思想中筛选并最终锁定一个负面信念，而这个负面信念正是个人律法，是问题的核心。为帮助他们，我得倾听他们话语的言外之意。有时我四顾茫然，越想在丛林中寻找出路，就越找不到目标。然后，如果我运气好，解放思想，精确的短语就会出现在脑海中。它往往是我不可能"想到"的，因为它与我们所说过的任何话语都没有合理关联。但我知道它命中目标，精准无误。

通过思考把一些事情琢磨清楚是很令人满意的，而通过直觉得出答案也同样令人满意，两者只是方式不同，不能让哪一种独占功劳。人的自我意识如此偏爱理性世界，可能就是因为它希望确保自己获得荣耀。

我还记得罗伯特·马林（Robert Marine）在亚特兰大主

持一日培训班回来后的反馈。那个一日培训班旨在吸引与会者报名参加时间更久的周末培训班，结果那次报名人数高于平时——实际上，几乎所有人都报名参加了。

"太棒啦！"罗伯特说，"你知道，我几乎不记得我说过什么了，我全程处于'通灵'状态。"

*

我们总是在"通灵"，总是在一定程度上通过直觉写作。我们怎样才能拓展"通灵"状态？怎样才能学会充分利用直觉写作？

首先，把它当作目标。其次，学会相信自己的直觉反应和冲动。再次，将自己从恐惧和怀疑中解放出来，从肩膀上小编辑的吹毛求疵中解放出来。

请大家深呼吸。

啊，谢谢。现在已经是一点半了，我知道你一直在等的东西到了。它叫午餐。

你可以独自就餐，但从某种意义上说，午餐仍是培训班的重要组成部分，有一些建议你可能想遵循。我们建议你别独自就餐，至少在你今天刚结识的人中找一位共进午餐。我们还建议你花点时间去了解你结识的那些人的名字和电话号码。

午餐后，请回到座位上准备下午三点整的活动。

祝你好胃口！

作家的自我镜像

本培训班下午专场从冥想开始,本质与上午的冥想别无二致。随后我们进入下午课程的重点,那就是"成功"。

"成功"这个词的内涵因人而异。在"为你的生活写作"培训班中,成功意味着获得你作为作家想要的东西。有件事我们肯定不会做,那就是评判你应该想要什么,以及你的成功应该包括哪些因素。

我们有些人想要名声和评论界的认可,有些人想赚大钱,还有些人想通过写作影响他人。有些人想通过写作接触我们内在的自我,还有些人则想通过写作进入想象的世界。

你想要什么都行。成功对你来说就是你自己对成功的定义。我们有时告诉自己所求甚少,以此欺骗自己。有时因为没能取得某种程度的成功而深深自责,然而这种成功打根上就不是我们真正渴望的。稍后我们将在另一章讨论目标的时候再来讨论这些。现在,我们进行一项训练,旨在帮助你更加了解作为写作者的自己有什么可取之处,以及你希望有哪些改变。

✳

第一步是结对子。你可以在家里训练，也可以现在就训练，翻到笔记本新一页，写上标题：

"作为作家，我喜欢自己……"

然后列清单。我的清单大致如下：

1. 作为作家，我喜欢自己写出的对话自然流畅。

2. 作为作家，我喜欢自己写出很多作品。

3. 作为作家，我喜欢自己能够以此为生。

4. 作为作家，我喜欢自己更加坦诚写作。

5. 作为作家，我喜欢自己越来越愿意在写作中挑战自我。

6. 作为作家，我喜欢自己的写作风格清晰明快。

7. 作为作家，我喜欢自己与作家同行关系良好。

8. 作为作家，我喜欢与读者之间的联系保持通畅。

9. 作为作家，我喜欢自己笔下的人物生动有趣且令人难忘。

10. 作为作家，我喜欢自己感到写作轻松又有趣。

好，轮到你了。从"作为作家，我喜欢自己……"开始，每次写一条。要是想不出自己作为作家有什么优点，那就编几条吧。

希望你坚持完成这个过程,直到写下至少十条。即便有困难,也坚持到底。即便你突发奇想,对自己说,"这太荒谬了,我真的没有那种好品质",也要写下来再说。

如果这项训练对你来说轻而易举,那很好,别停在第十条,接着写下你在十到十五分钟之内想到的一切。

来吧! 来写吧!

✳

现在是这项训练的第二部分。将笔记本翻到新的一页,写上以下标题:

"作为作家,我想在哪些方面改变自己?"

然后列清单,类似我这样的:

1. 我想完成更多作品。

2. 我想有勇气在写作中挖掘得更深入。

3. 我想处理更雄心勃勃的写作项目。

4. 我想更享受写作过程,而不是过分关注结果。

5. 我想享受远离打字机的时光,不会因为没写作而内疚。

6. 我想写些更有实际价值的东西。

7. 我想更不遗余力去写作。

8. 我想不再有"写作有损他人"的恐惧。

9. 我想写更多的短篇故事。

10. 我想多写几首歌,挑出最好的歌去赚钱。

好了，又轮到你写了。尽量顺其自然，让想法不经筛选或审查就自动流淌到纸上。别担心自己会为今天列出的清单明天未能实现感到难过，也别因为这种担心而退缩。

你应该能列出十项。若喜欢，你可以列出更多，但别把整个周末都花在这项训练上。

等你写完，我们会看看你喜欢自己什么，想改变什么。

✳

你是否发现，列出你想要改变的事比喜欢的事要容易得多？哦，并非你一人如此，很多学员都有同样体验。

在这个训练的前半程，你有没有偶尔想到什么，却不好意思写下来？这种反应司空见惯。我们即便确实在某些方面对自己评价甚高，也羞于承认。我们往往很难说"我很有才华"或"我是个技巧娴熟、非常自律的作家"，反而会告诉自己（也告诉别人）我们有多糟糕。不过，等你完成这份清单，可能会高兴地发现，自己的优点确实能列出一大串。与其试图让自己相信写下的所有优点都是假的来否定这种美好感觉，不如放松，享受它。

有些人认为对自己进行良好评价不大稳妥。我们很快就会看到，良好的自我评价不仅稳妥，而且绝对必要。相反，我们对自己的负面想法和感觉才可能是毁灭性的。

1984 年夏天，我在科德角作家会议（Cape Cod Writer's

Conference)期间主持为期一周的讲座,约翰·佩恩(John Payne)是那里的常驻文学代理商。某晚,他在讲座中回答问题时说,他对代理尚未出版过书的作家不感兴趣,但接下来又对此进行限定,承认他自然会一直留心有前途的作家,并会寻找新作品。

"但我不想看手稿,"他说,"我喜欢看咨询信。我几乎总能从一封短信中看出写信者能否成为我想要代理的作家。"

深呼吸,再把上一句话读一遍。这难道不是一个令人震惊的说法吗?约翰继续解释说:"从信中,我能感受到一个人对自己和写作的感觉。"

噢,很自然,有人没抓住重点,他们问约翰能否提供咨询信样本,确保让他产生正确的感觉。当然,关键在于约翰从信中得到的感觉是写信者字里行间流露的。你若有能打动约翰的自尊,会在信中流露出来。

请记住,自尊和自负是有区别的。自负可能被定义成我们为掩饰缺乏自尊而抛出的伪装。"我写了一本自《乱世佳人》(Gone With The Wind)以来最具商业潜力的书,寄给你,给你一个机会,如果你卖不了好价钱,那你比我想象的还要蠢"——这是自负,很可能惹人回应,但可能不是你想要的那种。自尊是沉静自若、胸有成竹和自信不疑。自负则是大声嚷嚷、傲慢不逊和潜藏的恐惧。

※

　有多种方法可以建立自尊，让你更容易找到你自己身为作家所具备的优点。同样，也有一些方法可帮助我们改变写作习惯。这两个目标都可以通过一个整体训练来实现。

　这正是我们下一章研究的内容。

作家的思想

为什么有些人能心想事成？为什么有些人成功而有些人失败？

有些人比别人更有天赋，对吧？有些人比别人工作更努力。具备两者或其中之一，是差别所在。

对吧？

我不这么认为。

✳

我们先谈谈天赋。几年前，我为《作家文摘》写过一篇名为《不只是天赋》的文章（后来收录到《布洛克小说写作手册》一书中）。我在文章中列举了一些作家，他们虽成绩斐然，却并未展现出太多天赋，我还列举了一些我认识的作家，他们显然很有天赋，却从未真正在写作上有所成就。

关于天赋还有件趣事。虽然我可以在某个作家的作品中发现天赋，但无法确定它是否一直存在。一个作家可能在很长时间内没表现出任何天赋，但随后某个时候，他的创作突然大放异彩,远超从前,让我们始料未及。这是怎么发生的?他不可能通过学习获得天赋,因为天赋不是可以学到的东西。他是否"开发"了自己的天赋?怎么做到的?通过训练?但是,除非一开始就拥有天赋,否则你怎么训练它呢?但你若一直有天赋,为什么没从最初就表现出来呢?

我越来越相信,天赋如同我相信的直觉,只要孜孜以求就能获得。

对有些人来说,这确实不值一提。有些人的写作天赋显而易见,唾手可得。这些人正是我们所说的天才作家,我们中就有这种人。轻而易举地获得天赋肯定不会阻碍成功,但也不能保证成功。

对其他人来说,我们的才能就像深埋在地下的一池石油,必须钻得深些,可能还得请地质学家和探矿工来挖几个竖井,然后才能井喷。但一旦成功,我们每桶石油的价格就会与隔壁油田的地面油池不相上下。

这是否意味着每个人都有条件成为成功作家?

我不确定。

我的第一反应是相信人人都拥有在某个领域取得成功的必备条件。像阿诺德一样,我们都可以成为某方面的天才。每个人至少在一个领域,有足够的天赋来完成杰出的工作。对于我们这些有强烈写作欲望的人来说,天赋很有可能就在写作这个领域。

在我体验过"走火炭"之后,回想起自己在篮球场和台球桌上的两个运动高光时刻，我倾向于扩展这个论点。我发现自己越来越相信，别人能做的任何事，我们都能做。

现在该深呼吸了。

＊

谢谢。你可能会问自己，他为何说这些离谱的言论？

好吧，让我告诉你一些关于神经语言程序学（Neuro-Linguistic Programming，缩写为 NLP）的事儿。神经语言程序学是由几个有科学头脑的小伙子开发的，他们发现，如果能复制另一人的生理和心理结构，就能获得与那个人相似的成果。换句话说，如果我能让我的身心与你同步，并能够在你回答某些问题、执行你擅长的任务时，研究你的眼波运动和姿势，我就能复制你的表现。

这是对一个复杂系统的粗略解释，我不指望你理解神经语言程序学的工作原理，更不用说把它当作真理。让我告诉你托尼·罗宾斯（Tony Robbins）最初是如何学会走火炭的，当初就是他带领我和琳恩以及另外 600 人一起穿越了 12 英尺长的火炭。

托尼当时正在学习神经语言程序学，他说他正试图想象自己能实施的最可怕的行为。结果他选了走火炭。因此，他找到一个会走火炭的美国人，此人研究印度和斯里兰卡的泰米尔人（Tamils）的火行术很多年。托尼找到此人，宣布他想学习走火炭。

"哦，我从没想过收徒弟，"那人说，"我也确实没时间，况且你可能要花上十多年才能学会——"

"不，"托尼说，"我今天就想学会。"

他做到了。

同样，他在几小时内就学会了用手一次猛击就能打破六块木板，这是一项原本需要数年才能练成的空手道技能。但这也不能证明他是超人，因为他只需几小时就能在夏令营中教会孩子们同样完成击破木板和砖块的壮举。

这似乎意味着我们都是超人。只要有一人能做，其他任何人都能做。我们每个人都有潜力。

这就解释了那天下午我成为篮球明星的缘由。出于一些愉快的意外，我不知不觉让身心进入某种状态，从而有机会获得某种潜能，将球抛进球筐。一个天生的运动员总能毫不费力地进入那种状态。（神经语言程序学的学生大概可以通过学习和模仿天生的运动员，随意进入那种状态吧。）这个想法既令人振奋又令人不安，不是吗？一方面，意识到自己的能力远超预期（事实上，它几乎是无限的），这很美妙。但在下一瞬间，自我意识在这整个想法面前退缩了。"等一下，"我发现自己在想，"你是说，任何人都可以轻松快捷地学会我能做的事吗？无论我擅长什么，都是我花了很多年才做到的。现在你告诉我，任何受过某种训练的人，只需研究我一段时间，就能做我所做的事，并且与我一样好？我可不喜欢那样——这意味着我并不独特，如果我不独特，那我什么都不是。"一旦我开始这样想，就得提醒自己，让我独特的不是我能做什么，而是我是谁。我可以进一步告诉自己，另一个人的成就永远不会削弱我的成就，放弃自我对独特性的执念，是进入一个充满可能性的全新世界所付出的小小代价。

＊

如果天赋不是答案，那么努力工作一定是，对吧？

我无法苟同。我们很容易相信，没有得到我们想要的东西，是因为努力不够。这样一来，我们不仅因为没能心想事成感到难过，而且还会因为懒惰鄙视自己。任何能让我们自我打击的想法都很有吸引力，永远不要低估它们！

这个观念的另一个优点是它明确告诉我们该做什么，或者不要做什么。如果我们投入更多的时间，写出更多的作品，在每件事上投入更多的努力，那么就会走上通往成功的正确道路，不管最终能否成功。我们不必重新思考，不必对抗长期信奉的观念，不必改变任何事。我们要做的，就是我们一直在做的，只是得让它变得更艰巨、更苛刻、更不愉快。

问题是这行不通。它可能会让失败变得更舒适（"至少我知道我真的努力了"），但为何不能对成功感到舒适呢？你可能在意的是你真的在一件工作上投入了大量精力。但我要告诉你一个秘密，除你以外，没人在乎。

比利·怀尔德（Billy Wilder）①曾说过，没人会打电话给朋友说："我们马上去标准（Criterion）电影院看电影，那儿的新影片比制作预算省了 5 万美元！"同样，也没人因为听说作者写小说时累得半死，就冲到书店去买。我不在乎写一篇文章付出了多少努力，也没听说过任何编辑或出版商在乎。事实上，我们大多数人都喜欢那种看似毫不费力写出来的作品，文字似乎是自动涌现的。（有时看似简单的工作其实很难，但那是另一回事。）

成功的作家是那些最努力的作家吗？我不敢苟同。我认识一些未发表作品的作家，他们比我见过的任何成功的作家都要努力。我知道有些人埋头苦写，却只能勉强维持生计。还有些人没当回事，却过得轻松愉快。并非只有写作如此，其他工作也一样。如果努力工作是成功的秘诀，社会将把最高奖励留给那些工作最努力的人。然而，无论是我们社会，还是任何有历史记录的其他社会，都没有这么做过。工作最辛苦的是那些在条件恶劣、有时甚至危险的工作环境下长时间从事繁重体力劳动的人，但他们赚的钱通常远低于其他人，声望也低得多。诚然，许多顶级专业人士和公司领导投入大量时间工作，但他们通常会告诉你，这对他们来说似乎并不真是工作，他们乐此不疲，不觉时间飞

---

① 比利·怀尔德（1906—2002），美国著名导演，六获奥斯卡奖。代表作有《双重保险》（*Double Indemnity*，1944）、《日落大道》（*Sunset Boulevard*，1950）等。

逝。（还有一种人是强迫症工作狂，他们沉迷于工作，对成功还是失败漠不关心。）

这并不是说写作上的成功不需要一定的工作量。显然，除非你投入足够多的时间完成一本书的写作，否则你出版该书的愿望就会落空。每个想写作的人都能投入必要的时间，即使总是做不到，也并不意味着你懒得不可救药或有某种天生的拖延症。

有些人就像渴望被鞭打的忏悔者一样出现在"为你的生活写作"培训班。"我要你严厉鞭策我，"他们告诉我，"这样我回去后，就可以把自己锁在房间里，不吃不喝，直到写出一部小说。这就是我来这里的原因。"

噢，对不起，我不喜欢鞭笞任何人。首先，我认为这行不通。其次，我凭什么决定你应该更加努力？

不管怎样，倘若你没有付出你想要的努力，你就已在惩罚自己了，比我的惩罚要严厉得多。我何必多此一举？

你要想完成更多的作品，或者提高写作质量，赚更多的钱，赢得更多的赞誉，你必须要做的事情，比把你拴在打字机前正襟危坐要轻松得多，不过要求也高得多。

你必须改变思想。

✳

你的内心状态是决定你能否成为成功的作家的关键。你对自己、写作和周围世界所持的信念将决定你的成败。

思想是创造性的。你头脑中的思想,无论是有意识的还是无意识的,都会在生活中产生明显后果。

心有所想,才能事有所成。

＊

你以前似乎听过这个说法?

当然听过。我早在 1984 年就写过一篇文章,标题为《克服作家的终极障碍》(*Overcoming the Ultimate Writer's Block*),发表在当年 4 月的《作家文摘》上,我在该文中详细探讨了这个话题。该文吸引的读者来信数量远超我在《作家文摘》发表的其他文章,几乎所有读者来信都持赞许态度,令人欣喜。

然而,一封持异议的信直击要害:"这并非新鲜说法。"

嗯,这是实话。谁说它是新说法了?"我们的现实是由思想造就的",此观念比我老得多。该信引用了法国人埃米尔·库埃(Émile Coué)[①]的名言,库埃在 20 世纪 20 年代来到美国,让半个国家的人整日念诵"我每天、每个方面都变得越来越好"。但此观念早在库埃之前就存在,很可能与时间一样古老,或者至少与思想一样古老。

亨利·福特(Henry Ford),他比库埃年轻还是年长,你不妨查一下。他说过:"一个人如果认为自己能完成一项

---

① 埃米尔·库埃(1857—1926),法国心理学家、医生、药剂师,欧洲心理暗示研究的集大成者。

任务,他是对的,认为不能完成,也是对的。"《箴言》(*Book of Proverbs*)的作者曾说:"他心怎样思量,他为人就是怎样。"①

我特别喜欢这条箴言,因为它完全体现了我想传达的理念。一个人的心怎样思量——不仅是头脑的意识部分在思量,而且他整个自身的存在,他的内心都在思量——他就会成为怎样的人。

❋

思想和写作应该有某种关联,这一点不难理解。毕竟,写作显然是一种精神活动,而不是身体活动。即使再用力敲键盘,也不能让你写得更好。通过思考正确的单词并按正确的顺序写下来,你会写得更好。这样做不需费力,不需特别的手眼协调能力,也不需惊人的速度,所涉及的技能是心智技能。

这也是我要从写作转到运动领域来阐述这一观点的原因。在运动领域,力量、协调和速度是区分男人和男孩、绵羊和山羊、小麦和糠的关键。显然,身体技巧和体能是造成差异的原因,它们要么是天生的,要么是营养和训练的产物。

但如果和运动员交谈,你会听到不同的故事。你在每

---

① 《箴言》是《旧约圣经》的一部分内容,作者引用的该句英文原文为"as a man thinketh in his heart, so is he."

一场运动中听到的是同一说法。每位运动员都会告诉你，不同之处在于心理，心理优势决定了输赢。"一切都记在脑子里，"一位运动员会告诉你，"是心理博弈主导一切。心理因素占比 90%、95%，甚至是 99%。"

这怎么可能？哦，也许我们可以在高尔夫或台球比赛中看到这点，在这类比赛中，注意力似乎扮演着至关重要的角色。但是赛跑呢？举重呢？拳击呢？还有其他项目呢？

根据运动员的说法，全部如此。运动员在解释自己的糟糕表现时会说："我当时不够兴奋。""我无法振作起来。注意力无法集中。我当时的心理状态不好。"

近年来，心理因素对体育运动的影响越来越受重视。一批新的运动专业人员已成长起来，他们就是运动心理学家，任务是通过关注运动员的情绪和心理健康，最大限度提高运动员的表现。

橄榄球队接受 EST 培训，棒球运动员进行西瓦心灵术（Silva Mind Control）训练，拳击手们在赛前称体重时互相怒目而视，网球运动员会读《网球的内心游戏》（*The Inner Game of Tennis*），田径明星会接受催眠，游泳运动员则会接受心理分析。

让我展示一下，在看似纯粹的体力运动中，大脑能做些什么。大约 25 年前，四分钟跑一英里是体育运动中不可能实现的目标。运动员在接近四分钟的纪录徘徊，但无法再依靠系统性的训练提高成绩。每个优秀的跑步运动员看似都能在四分钟的时间内跑完一英里,但就是没人能做到。原本更该了解实情的专家们开始说,四分钟纪录在生理上不可逾越。他们说,人类的能力有限,无人能打破四分钟跑一英里的纪录。时间证明他们是对的,因为,一场场比赛,无人做到。

然后,罗杰·班尼斯特(Roger Bannister)在四分钟内跑完了一英里。他是一名出色的运动员,在最佳条件下,以其正处于巅峰期的水平奔跑,打破了牢不可破的纪录。

现在我们可以认为,罗杰的成功,是因为他更相信自己的能力,而对四分钟跑不了一英里的定律,他信得少一点。这种心理优势足以帮助他取得成功。我们可以这么讲,也可以称之为运气或巧合,或者还可以归因于月相和早餐。

我认为,更重要的不是罗杰做了什么,而是随后发生的事情。

随后发生的第一件事,是第二名选手在同一场比赛中打破了四分钟的纪录!他紧跟在罗杰身后,虽然只获得第二名,但也完成了一项原本似乎不可能完成的壮举。在接下来的几周、几个月里,其他从未能在四分钟内跑完一英里的运动员突然都做到了。

以前,所有人都或多或少地认为,四分钟跑完一英里不可能。罗杰打破纪录,使既往的信仰体系发生动摇。每一个世界级运动员马上就不那么相信"四分钟不可能"的信念了。每个人都开始相信他们能做到。

随着对这个世界纪录的进一步冲击,它成为后来跑者更容易实现的目标。如今,最好的高中长跑运动员都能在四分钟内跑完一英里。他们的跑步水平和罗杰一样优秀吗?当然不是,是他们强大的信仰体系使他们跑得比罗杰还快。

我们能无所不为吗?如果我被催眠,相信自己是一只鸟,是否意味着我可以飞翔?

实际情况比这要复杂些。为了让我完成"不可能"的事——比如挥动手臂飞行——我身上的每个原子都得相信我能做到。催眠师能催眠的那部分自我可能会完全相信这事儿,但剩下的那部分我则会跌在地上,并把被催眠的那部分我带回地面。记住《箴言》是怎么说的:

"他心怎样思量,他为人就是怎样。"

当一个人的全部自我都投入到某种特定信念中去,我们觉得某事可能或不可能的信念将不堪一击。不可思议的壮举每天都在发生。人们在紧急情况下表现出真正不可思议的壮举,这类故事你听过多少?一个男人抬起一辆压在他孩子身上的汽车,在此之前他从未拿过比一袋洗好的衣服更重的东西。他是怎么做到的?他的力量从何而来?

我们可以称之为奇迹,然后就不再讨论。奇迹是本能或天才的另一种说法,我们不知其运行机制,于是就这样冠名。

我们可以否认它曾发生过。我看到人们走火炭之后有过类似行为。当时坐在我们旁边相隔几个座位的人说，他刚才所做的行为并没有实际价值，因为火炭对他来说并不热。这人刚走过足以熔化铝炊具的炭火，正试图寻找一种方式来证明其毫无意义。他没有动摇自己对现实本质的某些信念，而是试图贬低他刚完成的这个非凡壮举。

或者我们可以说，那个男人有把车从他孩子身上挪开的迫切需要，整个身心都被动员起来，乃至脑海里此时没有任何其他想法的空间。他当时脑子里唯一的想法就是"我得把那辆车搬走"，根本不会想到"该行为不可能实现"。

这是否意味着这件事不是奇迹？除非你坚持把奇迹定义为完全无法理解的东西。在我看来，世界各地每天都有奇迹发生。人们治愈自己的不治之症，打破看似不可逾越的障碍，甚至把书卖给好莱坞，这些都是奇迹。你可以把种子埋在地里，浇水，通常它就会长成植物，这是奇迹。你可以把信放进信封，贴上邮票，然后把它扔进邮筒，它多半都会被投递出去。把信扔进邮筒里是一种基于信仰的行为，而信能送到真是个奇迹。

你是否认为，在你的写作生涯中心想事成需要一个奇迹？

如果是，你就会想创造出一个奇迹。这不需改变世界，只要改变你的思想即可。因为正是你的思想让你无法心想事成。你已具备成功的能力。你有力量、速度和协调能力。但你有些想法在消耗你的力量,束缚你的速度,破坏你的协调能力。

让我们来瞧瞧负面想法,看看它们是如何发挥作用的。

负面想法的力量

你还记得小编辑吗？

他是那个坐在你肩膀上的家伙，就像早年间本－盖伊（Ben-Gay）广告中的彼得·疼（Peter Pain）[①]一样，用他的干草叉对付你。嗯，他有个亲戚兼同行，我们称为"天上的大编辑"。

天上的大编辑并没有喋喋不休地说各种难听的言辞。他只会说一句话，不管你跟他说什么，他都只会这一句。

天上的大编辑说的这句话就是：

"你是对的！"

你对他说了什么负面话语，会引起他这种反应？你说的全是你的负面想法。其中一些如下：

> 我不够好。我缺乏天赋。

[①] Ben-Gay 是美国著名的止痛膏品牌，用于缓解肌肉、关节等的轻微酸痛。二十世纪四五十年代，该止痛膏在报纸上发布了一系列漫画式的广告，主角是浑身发绿、长相极为丑陋的怪人彼得·疼（英文与小飞侠"彼得·潘"谐音），彼得·疼总是想尽各种办法让人身上发疼。

我很笨。

写作对我来说太难了。

我不知道该如何表达我的意思。

我还没准备好。

我写的东西会伤害别人。

让别人知道我的真实身份不安全。

如果人们知晓我的真面目,会恨我的。

没人想听我要说的话。

没人想要我提供的东西。

我无聊。

成功对我来说不安全。

我不配成功。

我做不好。

我不可能做到完美。

表现自己对我来说不安全。

成功会让我与所爱的人分开。

我没这个能力。

我太老了。

我是个不受欢迎的女人。

我有问题。

　　诸如此类全面自我否定的陈述就是我们所说的个人律法。你的个人律法就是你自己心里那些最显著的负面信念,我们这么称呼它,是因为它是个人的,是你在内心为自己设计的、让自己必须服从的律法。

（现在不妨深呼吸。）

关于你的个人律法，我想强调两点：

1. 它不是真的。 这是你编出来骗自己的谎言。

2. 它像真的那般产生影响。 你努力反驳它却反而让它成真，同时在每个关头破坏自己的努力。

这是怎么回事？

举个例子，罗伊·索雷尔斯（Roy Sorrels）是一位优秀作家和写作课教师，也是本培训班领导者之一，他的个人律法是"我很乏味"或"我不风趣"。

首先，这压根不是事实。我每次与罗伊交谈，都发现他很有内涵，他的个人背景和经历也很迷人。他当过老师和演员，在航空母舰上服过役，游历四方，干过种种不寻常的工作。况且，他目光敏锐，见解独到，真正胸有丘壑。

所以他的个人律法是谎言，但却如真的那样产生影响。

一方面，罗伊一直努力推翻他的个人律法，力图向自己和世界证明他其实是个风趣的人。看在上帝分上，瞧瞧他选择的职业。作为老师、演员或作家，如果缺乏风趣，就无法胜任。因为罗伊一直在努力反驳和克服他的个人律法，他确实在他做的每件事上都取得了一些成功。

另一方面，他又因为相信和奋力确认个人律法而阻碍了自身努力。他认为自己乏味无趣，因此总对工作有所保留。他把自己从作品中抽离出来，使作品没有自身的印记，丧失了原本该有的效果。他的作品生动有趣，但缺乏那种源自作家个性的丰沛感。他根据生活经历写小说时，会以某种方式克制自己，又使他的个人律法得到了确认。而且，无论是在书里还是面谈，罗伊给人的表面印象往往乏味无趣。首次见面，他谈论自己或作品时，我发现我会无意中走神，他谈论其他学生的作品时，我倒是能专注地倾听。（我们的首次接触是在罗伊参加我主讲的每周一次的推理小说课上。）

我为什么走神？因为他对个人律法不言而喻的信仰，对自己乏味无趣的认定，统统都传达给了我。他说："我乏味无趣。"天上的大编辑说："你说得对。"因此，我不由自主地开始走神。

作为教师，罗伊可以让上课内容妙趣横生。作为演员，他可以把真实的自我融入角色中。作为作家，他可以在纪实作品中当老师，在小说中当演员，并以某种方式不让自己凸显。但他仍然坚信真实的自我乏味无趣，并在交流中让别人相信这一点。

他首次参加"为你的生活写作"培训班时，意识到了个人律法的问题，于是转而开始设置自我肯定："真实的我是迷人的。"之后他写了一个奇妙的悬疑故事——《鸽子死亡的主要原因》（*The Leading Cause of Death in Pigeons*），该故事绝对迷人的主角是个开出租车的演员，直接取材于罗伊自身的生活经历。

对我而言，罗伊自身的改变比其作品更明显。随着他越来越改变对自己的想法，我发现他越来越风趣。他一直都很风趣——但是，既然他以前不知道，我又怎么会知道。

✳

我的个人律法是"我不配成功"。和别人一样，我一生都在努力证明自己并非如此，但一有机会我就打击自己。

为了证明自己配得上成功，我很早就开始职业写作。但我很快就让自己进入一个怪圈，即先取得小小的成功，然后放弃。

例如，我在其他文章里也提到过，我的首部小说，是用较感性的手法写的女同性恋题材。（在五十年代末六十年代初，女同性恋小说是一种很受欢迎的廉价平装小说类型。）我花两三周时间写完了这本小说，经纪人把它寄给了福塞特（Fawcett）出版社，当时那里是这类书的最佳出版地。

他们要是不买，那真见鬼。我被要求做了些无关痛痒的修改，书随后出版了，我得到 2000 美元预付款，这个报酬在 1958 年还真不错。

因此我又写了一本，对吧？

错了。福塞特阅读评估我的书时，经纪人让我开始写情色小说，最初一本书 600 美元。我写了一批。这种书我每月都能写出一本，但似乎没办法再找到灵感为福塞特写一本女同性恋小说。

然后，当我写到其中一本情色小说时，我认为其人物和情节有一定的生命力，于是加以修改，随后一路写下去，结果该书被金牌出版社（Gold Medal Books）的诺克斯·伯格（Knox Burger）买下，并以《莫娜》（Mona）的书名出版。

我试图为金牌出版社再写一部悬疑小说，但似乎做不到。后来，我根据一部即将完结的电视剧写了本小说，感觉写得太好，不能为了几千美元预付款就把它浪费掉，因为这类小说肯定会被遗忘，于是我改了角色的名字，这成了我的第二部金牌版悬疑小说。

但过了好几年，我才写出第三部。

你看到这个模式了吗？我不断地把劣等书写得很好，足以超越同类书标准，把它们卖到比原先更好的市场。但再来一次时，我就从成功中退缩，回到确信自己能配得上的较低水平。每次想到这个模式——我尽可能不去想——都会责备自己野心不足。但其实我野心很足，我所欠缺的只是对自身价值的足够认知，让我能理直气壮地追求自己想要的成功。

我确实想成功，亦即我想拥有财富和名望。（稍后讨论目标时，我会解释我如何努力避免让自己知道这是我的愿望。）因为我相信自己不配有钱，不配有名，所以我一再阻碍自己对这些目标的追求。

多年来，我成功地把自己搞成了美国发表作品最多的无名作家之一。部分原因明显是我自己造成的。我的大部分作品都是笔名,其中有几本书与我用真名出版的书一样出色,让我颇为自豪。我告诉自己,用笔名出版是因为这样可能有更好的商业价值,并信以为真,但这不是事实。另一方面,我可能认为,尽管劳伦斯·布洛克显然不配有钱有名,但除了我,没人知道保罗·卡瓦纳(Paul Kavanagh)或奇普·哈里森(Chip Harrison)①也不配。因此我把同样的负面想法投射到宇宙中,而天上的大编辑把它扔回给我。

当人们问我为什么要用笔名时,我总有很多理由。几年前,我开始找其他借口。"我想我一定是在努力避免积累粉丝。"我说。

结果正如我所言。天上的大编辑很快就同意我的观点,认为我不配有钱,并把我的收入定得非常低,低到与我展现的写作能力和工作量不匹配。他也同意我不配出名,我成功保持了令人惊讶的匿名程度。有几本推理小说领域的重要参考书没把我列出来,而我在这个领域有十来本以真名出版的书。美国推理小说作家协会是一个积极向所有出版过一本推理小说的作家征集会员的组织,居然从未邀请我加入。我连应得的关注都没有,更谈不上我想要的关注。

---

① 这两个名字都是劳伦斯·布洛克使用过的笔名,其中"奇普·哈里森"
还成了布洛克"奇普·哈里森系列悬疑小说"的主人公,该系列有四部
长篇小说及一部短篇小说集。

我把失败归咎于自己。我写的那种书不能带来财富和名望，我不时尝试写些更商业化的东西，但结果总是令人沮丧。那时我决定，我没有能力心想事成，最好将就。

当然，我一直都在将就这种得到的东西比较少的状态。将就？见鬼，我根本是自己有意坚持这种状态。

后来我职业生涯好转，日益获得认可和财务成功，但在打字机上做的事儿与以前别无二致，我写的书二十年来没有不同，改变的只是我对自己的看法，以及由此传达给外界的信息。

如果我继续信奉自己不配成功，就会为成功设置障碍。只有我允许自己相信我配得上财富和名望，才会允许财富和名望进入生活。

✳

你是否有些了解个人律法的运作方式了？

我会告诉你，它就如同魔咒，如同诅咒人偶身上的针。就像你用自己剪下的头发和指甲，按照自身形象制作一个人偶，然后纳闷为什么用针扎它的时候会疼。

我们在印第安纳波利斯举行第二次培训班期间，有五位女士表示，她们都坚信，写作成功会意味着婚姻终结。（她们的个人律法是成功会将我与所爱的人分开。）你若把这个曲线球抛给天上的大编辑，你猜会发生什么？他会一边说"你是对的"，一边把球打出棒球场。

持有这种信念,下面两种结局必占其一:要么退缩,以确保不成功;要么继续写作,并获得成功,而这将意味着婚姻的终结。或者,你真的打出一手好牌,则两者皆有——写作失败,然后婚姻失败,因为你把自己的失败归咎于对方。

我建议这些女士给自己这样一种自我肯定——写作成功提升了我所有的人际关系。只要用这个自我肯定取代个人律法,她们的写作与婚姻将相互促进,而不是相互减损。

*

本书前面章节曾提到在开场冥想期间差点离开的一个女士,那个离开波士顿培训会场的女士,还记得她吗?

正如她当天晚些时候发现的,她的个人律法是我不属于这里,不管身在何处,她都坚信我不属于这里,这种执念以各种方式运行,贯穿了她的人生。

当她被激怒时,当恐惧让她感到不舒服时,她的个人律法提供了让她离开现场的理由。她只是告诉自己不属于这里,并编了个借口——我们的训练与她的宗教信仰相冲突。后来,她发现自己的整个人生都受到这项个人律法的支配,并认识到这是错的,她确实属于这个会场,属于她生活中的每一个现场,这次经历让她动容。

我认同她,因为对我来说,我不属于这里即便不算我的一项个人律法,也是一种长期存在的强烈负面信念,多年来我一直在努力驳斥却又确认这一信念。这导致我经常发现自己与所置身的场所格格不入。我明面上为自己能适应任何地方而沾沾自喜，私下行事却并非如此，结果我从未真正觉得自己融入那里。

✱

我很笨是我们在培训班中多次遇到的一项个人律法。绝无例外，遵循这项个人律法的人一点也不笨，其智商往往出类拔萃。芝加哥的一位女士将此作为个人律法，并承认，尽管存在大量相反证据，包括她被芝加哥大学的高级课程班录取，但她还是信奉这项个人律法。

"每次我暗想，'好吧，你又骗了他们，但总有一天他们会发现真相。'"她说。

最近有几本探讨所谓"冒名顶替综合征"的书出版。有这种综合征的成功人士被一种恐惧所困扰，总担心自己能力不足却居然成功，担心外界终会发现真相，然后就完蛋了。芝加哥这位女士完美诠释了这一模式。她在生活中展示了自己的智慧，但仍永不自信。

她还阐明了个人律法的另一个常见特征。和许多人一样，她深信必须信奉个人律法，深信是它带来了成功。

"如果我不再认为自己笨，"她解释说，"就不会一直为证明自己不笨而努力，结果就会一事无成，最终与外界看法一致——我其实一直很笨。"

你看到这里的循环推理了吗？这一切都基于这个基本

假设：个人律法千真万确。

很多作家（还有其他人士）信奉我不够优秀这项个人律法。（我自己的个人律法——我不配成功——算是它的变体。）很多成功人士也信奉这项个人律法，而且可能把自己的成功归功于它，因而不愿放弃。"我要是相信自己足够优秀，"他们解释道，"就会自满，不再努力，结果比以前更差。"

你更愿意读哪个人写的书呢，是知道自己不够优秀却试图证明自己足够优秀的人写的书，还是知道自己本来就足够优秀的人写的书？

✳

有时个人律法比较模糊，我们可能很难弄清。

在波士顿的一次培训班上，一位女士说她最大的负面想法是她无法完成小说写作。这似乎谈不上是个人律法。我问她确切的含义。

"嗯，我写文章没有困难，"她说，"但写小说时，好像永远都写不完。我想我的问题是拖延症。"

"我不这么认为，"我说，"拖延几乎总是结果，而不是原因。有五个作家可能都认为自身最大的问题是拖延，最终却因为五个不同原因而拖延。既然你写小说正好有这个问题，你何不试试搞清楚，在你脑中小说与非虚构究竟有什么不同呢？"

她思考了一下。"我想我把自己写入了小说。"她不情愿地说。

"那么你的个人律法可能如下：让别人知道我是谁，这不安全。"

"我想可能就是这个原因，"她说，"因为听到你这句话，我感到毛骨悚然。"

后来，当需要大家创建自我肯定来推翻个人律法时，这位女士说她已写下三条，但不知哪条最好。我让她读出来，她读了其中两条。

"两条都不错，"我说，"但你不是说有三条吗？"

"对，"她说，"但我害怕读第三条。"

"那么它可能就是最恰当的。"我说，"你不妨读给我们听听，以确保无误。"

"了解我就是喜欢我。"她说。（其实她用的是怀疑语气："了解我就是爱我？"）

"太好了，"我说，"非常真实。就用这条。"

接下来，她的搭档一遍遍对她说，"简，了解你就是喜欢你。"她哭了五分钟。比起理性观察一个人为何难以完成小说，这种方法截然不同。

✳

有些人很难聚焦个人律法，原因之一就是害怕找出它们。我们会认为，承认个人律法就是赋予它掌控我们的权力,知道对自己的负面想法,会让我们对自己感觉更糟。

正如你可能开始怀疑的那样,那不是个人律法的运行方式。你的个人律法已如其所愿对你造成巨大影响,认识它、正视它是摆脱它控制的第一步。

还记得恐惧训练吗？还记得我们看到恐惧的本质时,它们是如何如冰雪一般融化的吗？不让个人律法主宰你的生活,不只需要认可和承认,但你首先必须认可和承认,其余自然会迎刃而解。

当然,你总可以选择用个人律法自我鞭挞。"我真是不够优秀,"你可以告诉自己,"连我的个人律法都是我不够优秀。"你若乐意,不妨就这么做,但这没多大意义,大可不必。

正如我前面提到,帮助学员找到个人律法,是培训班对我要求最高的部分。琳恩通常帮我一道主持,与学员一对一(或二对一),让他们穿越自我的迷雾,了解其背后潜藏的东西。我们与其中一个学员示范练习时,我们的交流经常会启发会场其他学员,等我们完成时,每个人都会发现自己的个人律法。

我在书中无法与你当面探讨,但还是希望你现在就尝试找出你的个人律法。开始前,回顾本章开头提到的个人律法,阅读那些句子,注意你对不同句子的反应。

(记住同时保持深呼吸,全过程都要保持。)

现在翻到笔记本新一页。我来给你一个句子的开头。

阅读并思考,闭上眼睛,深度思考,深呼吸,然后睁开眼睛,完成这个句子。

准备好了吗？句子如下：

"关于我的写作,最糟糕的是——"

深呼吸,写下你的想法。

再试一次。我会用不同方式说同一件事,表达可能不尽相同。你写下的语句可能相同,也可能不同。

我们开始吧：

"作为作家,我对自己最负面的想法是——"

深呼吸,写下你的想法。

换一个稍微不同的角度：

"我写作成功的最大障碍是——"

深呼吸,完成句子。

最后：

"关于我的写作,我能说的最糟糕的事是——"

深呼吸,把它写下来。

现在看看你写下的内容。你应该列出四句如本章开头清单里那样的简短句子。读一遍,尝试找出最基本、最强烈、最能承载情感的那句。其余句子似乎都由此句衍生而来。选择这个句子并圈出来。

这就是你的个人律法。

如果你正确完成了这项训练,你的个人律法很可能就在清单列出的句子中间。但也可能不是。每隔不久,就会有人提出一条我们从未遇过的个人律法，结果证明它适合那个人。

今年春天，在明尼阿波利斯，有人毫不费力地找到自己的个人律法。他一说即中，而且很清楚自己说中了。他几乎为此感到抱歉，因为没有任何合乎逻辑的理由来解释这种想法与他的写作有何关联。

他的个人律法是我不够高大。（我补充一下，他体形正常。个人律法可能创造现实，但不一定源自现实）如果能找到一种旨在扭转这种执念的自我肯定，显然对他非常有利。

同一场培训班上一位女士也有同样不寻常的个人律法。一开始我以为会是我很笨——如同所有遵循这条个人律法的人，她的智商显然高于平均水平——但对她稍加研究就会发现，有一种更强大的执念在起作用，她设法找到了它。"如果我让人们知道我有多聪明，"她说，"我会被毁灭。"

你想知道个人律法是如何影响一个人的一生的吗？这位女士童年时在智障儿童之家待过几年。她对个人律法的坚守导致她如此有效地隐藏了自己的智商，乃至被误诊。

✻

我们从哪里获得这些执念？为什么一个正常身材的人会觉得自己不够高大？为什么完全优秀的人会认为自己不

132

够优秀？这些个人律法从何而来？它们似乎完全不符合现实，并且缺乏事实依据，你可能认为它们是我们出生时被随机分配的。

我们将在下一章中看到，它差不多就是与生俱来的。

作家的诞生

你若得知个人律法在我们开始写作前就存在,可能并不震惊。其实有相当多的证据支持这一理论,即个人律法从我们出生开始就如影随形。

根据该理论(我也认同该理论),我们出生时,并未形成关于自己和宇宙的许多观念。我们的大脑是一块干净的石板,写在上面的第一个想法也相应地铭刻在意识中。因此,我们主观经历的出生过程决定了个人律法的形成。

有时,我若很难找出某人的个人律法,就会问他是否清楚自己的出生情形。(其实更喜欢这样提问的是琳恩,她往往比我勇敢。)特定的出生模式往往会产生特定的个人律法。

例如,经历过胎膜早破或长时间艰难分娩的人往往认同这种执念,即生活是一场斗争,必须为生存而斗争。因为天上的大编辑一直在告诉他们,这样想是对的,故而他们的生活就一直被打上需要奋斗的标签。他们的生活体会就像爱丽丝在仙境中那样,必须跑得非常快才能待在原地。

我女儿吉尔就完美诠释了这一模式。她和姐姐艾米上的是同一所高中，两人智商不相上下。吉尔每天花很多时间学习和做作业。艾米并不努力，却轻松地通过考试。两人的学业成绩相差无几。

两人都是正常分娩，只有一个明显差别。吉尔出生时胎膜早破，艾米不是。剖腹产出生的人做事常常期望或者需要帮助，他们往往也难以区分救援和攻击。

早产儿的个人律法常常是我还没准备好或者这个世界还没为我准备好。他们和其他在保育箱里待过的人可能认为，必须与其他人分开才能生存。成功（即生存）会将我和我所爱的人分开这种个人律法，他们也可以从这种出生过程中获得。婴儿期在保育箱待过的人，有时戴眼镜会感觉更舒服，即使并不真的需要眼镜来提高视力，他们也觉得自己和世界之间有一道玻璃屏障更安全。

臀位出生可能会让人相信，必须表现与众不同才能生存。在一次培训班上，一位学员询问臀位分娩如何影响一个人的写作。"你会在思考故事开篇之前就知道故事结局吗？"琳恩问道。"你是怎么知道的？"那位女士反问。

母亲若分娩困难，婴儿常认为自己伤害了母亲。"表现活力会伤害他人"这条个人律法正是这种出生过程的自然结果。那些过分担心自己的作品会伤害他人的作家，或者那些因"大编辑综合征"（"你是对的！"）而真的通过写作伤害了他人的作家，往往遵循这条个人律法，那些平淡、枯燥、毫无生气的作品，往往也归咎于此。

（现在不妨深呼吸。）

你若看不出自己的出生情形与个人律法有任何关联，别担心。决定个人律法的与其说是你出生的确切方式，不如说是你对自己出生的主观体验。在观察者看来，两个婴儿的出生过程可能完全相同，但他们在此过程中获得的想法可能截然不同。

例如，我们想想明尼阿波利斯的那位先生，他的个人律法是我不够高大。他怎么会对自己产生这种想法呢？

最明显的可能，是他出生时可能斤两偏小。如果他是很小的早产儿，就可能意识到自己的体形引起别人怀疑自己的生存能力，他可能会将这些怀疑永久性地纳入自己的信仰体系。

但是，即使他出生时体重在正常范围内，他也可能为自己创造同样的个人律法。也许产房里有人说，"看看他有多小"，或者"他太小了"。我们听到和理解话语的时间比自己以为的要早得多，大脑中有一部分永远会记得任何事。

或者，他可能只是瞧瞧产房里所有的大个子新生儿，把他们的身材和自己相比，然后得出结论，他太小了，不达标。对婴儿来说，这似乎是相当复杂的推理路线，但我觉得颇有道理。

我还不够优秀。我做不到。我不知道怎么做才对。我有点不对劲。作为女人（或男人），我不受欢迎。我很坏。

我长得丑。这些都是个人律法，都是我们对自己的决定，是我们解读自己出生情境的结果。

＊

下面这项训练你可以在家里完成。培训班没有这项训练——即便有，也只会简短提及一下出生问题。但对你来说，这项训练应该很有用。

翻到笔记本空白页（我希望你的笔记本上还剩了些空白页），顶行写下：我所知的出生情形。然后写下你所知的关于你出生的一切。具体出生时刻，出生环境，分娩的持续时间，你被告知或通过其他方式了解到的一切。

如果你真的对自己的出生情形一无所知，那就让直觉和想象来主导吧。标题写：我对自己出生情形的想象，然后按照你的想象描述你的出生情境，尽情发挥想象。

完成此操作后，花一两分钟读一遍你所写的内容，试着让自己感受出生记忆里可能出现的任何感觉，追踪自己的想法，多呼吸。

现在翻到下一页，写下这句话：

> 下面所写，是我的出生情形可能让我形成的对自身和世界的某些想法。

然后开始写。尝试让思想如同在自动写作时那样自由流动。至于这是你出生时的已知事实，还是出于你的想象，不必费心区分。为实现本训练的目标,姑且将其全部视为事实。

如果是我,我可能会这样写:

> 下面所写,是我的出生情形可能让我形成的对自身和世界的某些想法。

> 我母亲在分娩后期因为麻醉晕了过去。我很恼火,因为最后我必须独立出生,由此我形成一个想法——想把事情做好,就必须自己独立完成。我这辈子独自工作时效果最好,而且我发现很难接受别人的支持和帮助。

> 我当时被医生拎着脚倒着提起来,这把我吓坏了。为了应对这种恐惧,我绷紧脖子和肩膀。从那时起,我紧张时脖子和肩膀总会绷紧。多年后,我尝试重力靴(gravity boots)①,发现双脚悬吊在栏杆上的感觉格外可怕和不舒服,因为我想起了自己出生时的情形。

> 在我出生前一年半,母亲在妊娠中期失去一个孩子。如果那孩子还活着,就不会有我。我当时可能就形成了这种想法:为了我的生存,必须牺牲别人,我的成功或生存是以牺牲别人为代价的,因此我不配生存或成功。

---

① 重力靴是一种特制的靴子,上面有固定装置,方便使用者倒挂在较高的横杆上做"倒挂卷腹"等健身动作。

我出生时的不愉快经历让我对产科医生很生气。我觉得从女人那里得到支持和帮助，比从男人那里得到更安全。

产房里似乎有人不乐意我啼哭。于是我形成了这种信念：通过哭闹获取关注是不合适的。因此我成了一个异常安静的婴儿。在成长过程中，我发现我最自在、最有效获得关注的方式是写作。写作我可以安静地完成，并在时间和空间上都远离读者。

好，现在轮到你了。如果出现任何让你恼怒或不舒服的事，请深呼吸，并坚持完成这项训练。我刚做这项训练时情绪激动，而我研究与出生相关的材料已有数年之久。

✳

如我前面所言，"为你的生活写作"培训班没有这项训练，也没有详细讨论出生这个话题。毕竟，这是一场以写作为中心的培训班，时间有限。最初培训班从上午十点开到下午六点，后来发现总是超时，所以后来增加了一小时。即使是现在，培训班一直持续到晚上七点，我们还是很难把所有项目都安排进去。

如果你想更多了解关于出生情形如何影响一个人的今后生活，建议你读一本叫《未出生孩子的秘密生活》（*The Secret Life of the Unborn Child*）的书，作者是医学博士托马斯·维尼（Thomas Verney）。桑德拉·雷（Sondra Ray）和鲍勃·曼德尔(Bob Mandel)写的几本书也涉及这个话题。另一个你可以研究的领域是再生疗法(rebirthing)[①],该疗法采用呼吸联想法来愈合出生创伤,让身体和情感获得良好体验。

✳

也许你能够清楚地看到,你的个人律法和其他负面思想是如何在你出生过程中形成的。不过,也可能你掌握的出生信息和想象的出生情形似乎无法用来识别你的个人律法。

别担心。记住,关于个人律法,最重要的不是如何找到它,而是如何摆脱它,或至少减少它对你的影响。

这绝对能做到,但这不是你毫不费力就能实现的。仅仅理解你的个人律法从何而来,以及它如何妨害你的写作和人生,并不能让它消失。记住,它伴随你已久,可能从出生就如影随形。

久而久之,你可能会有这种想法,即你需要个人律法才能生存。

你为什么会这么想?

你怎么能不得出这个结论呢?记住,个人律法是你最初选择的一种生存技巧。你一辈子都遵循个人律法,你又

---

① 再生疗法诞生于二十世纪六十年代,被用于治疗一些精神疾病或缓解精神问题。该疗法有很大争议,也没有科学证据证明它的有效性。

生存了下来,所以你把自己的生存归功于你对自己的这种信念,这完全合乎逻辑。

假设你母亲的分娩过程艰难漫长,因为胎膜早破,你不得不挣扎着出生,以这种方式来到这个世界,必然坚信生活是一场斗争,你必须奋力求存。

你因此得以生存。现在有人建议你最好放弃相信奋斗的必要性。

"见鬼去吧!"你的大脑会说,"我若不再相信必须为生存而奋斗,就会停止奋斗,然后我会死掉。"

把自己想象成跑步者。个人律法就是你每次跑步时随身携带的幸运符。没有它,你不想参加比赛,因为一直有它的陪伴,你确信成功很大程度上归功于它。

只有一个问题。这个特殊的幸运护身符是一块混凝土砖块,重25磅①。现在告诉我真相,你真以为脖子上挂着那个能跑得更快吗?

如果你认为,没有幸运符可以跑得更快更远,那么你已准备好进入下一章了。

---

① 约11.3公斤。

勇敢的小作家

　　我们不能指望一个根深蒂固的想法（比如个人律法）会自动消失，我们要努力用与其相反的想法来取代它。我们称这种新想法为"自我肯定"。

　　究竟什么是自我肯定？自我肯定是一种强烈的积极思想，我们将其植入意识中，以期在生活中开花结果。（培训班学员往往会记下这句话。你不用记，它已经被印在这儿了。）

　　为创建适合自己的自我肯定，你还需知晓如下一些自我肯定的相关知识：

　　它应该是现在时。"我写的作品让大家愉悦"比"大家会喜欢我要写的作品"要好。

　　它应该用主动语态。是"我的写作滋养了我和他人"，而不是"我和他人被我的写作滋养了"。

　　它应该是正面表达而不是反面表达。"我是好作家"比"我不是糟糕作家"要好。

　　它应该有点冲击力。不是"我拥有了写作成功所需的必要技能"，而是"那些能使我心想事成的东西，我全都拥有了"。

它应该简明扼要。冗长华丽的自我肯定会激发一个人的写诗冲动，但在这里效果欠佳。太冗长的句子，你说到句尾，就已忘了开头。自我肯定如果简短直接、切中要害，效果会更佳。

它应该能解决问题。有人提出了绝佳的自我肯定，契合所有其他要求，但不幸的是如隔靴搔痒，与个人律法毫无瓜葛。如果你的个人律法是"我作为女性不受欢迎"（也许不论对错，你就是认为父母想要男孩），就不会想要这种自我肯定——"我是个很棒的作家，总能清晰地表达自己。"这可能是真的，也是个好想法，但它并未解决你的个人律法问题。（你最好写"我的女性能量丰富了我的作品"或类似的自我肯定。）

以下是一些个人律法和相应的自我肯定：

个人律法：写作是一场斗争/写作对我来说太难了。

自我肯定：写作对我来说既简单又有趣。

个人律法：我和/或我的写作有问题。

自我肯定：我现在这样就很完美。我现在这样就是个完美的作家。

个人律法:我不具备成功所需的能力。

自我肯定:我有这能力。那些能让我获得一切的东西,我都有了!

个人律法:向别人暴露自己不安全。

自我肯定:让别人了解我是安全的。我越向别人展示自己,就越安全。了解我就是喜欢我。

个人律法:我很笨。

自我肯定:我的智慧使写作充满活力。我足够聪明,知道自己有多优秀。

个人律法:我的写作无足轻重。

自我肯定:我的写作对我和他人都至关重要。

个人律法:我还不够优秀。

自我肯定:我非常优秀,足以成功。我才华横溢,是个了不起的作家。

个人律法:我的写作伤害了他人。

自我肯定:我的写作滋养了我和他人。我的作品是献给宇宙的爱的礼物。

个人律法：我很无趣。

自我肯定：我的真实自我非常迷人。

个人律法：成功不安全。

自我肯定：越成功越安全。

个人律法：我不配成功。

自我肯定：我值得成功。我值得拥有财富和名望。人人都从我的成功中获益。

个人律法：没人愿意听我说话。

自我肯定：我说话人人愿意倾听。

个人律法：没人想看我写的东西。

自我肯定：人人想看我写的东西。

个人律法：世界还没准备好接受我。

自我肯定：世界已经为我和我的写作准备好了。

个人律法：成功会让我与外界隔绝。

自我肯定：写作成功提升了我所有的人际关系，写作使我与所爱的人更加亲密。

你可能想使用其中某个自我肯定，也可能更喜欢自己创建。无论如何，尝试选择能引起你的强烈共鸣的自我肯定。（它若让你心烦，未必是坏信号。你受困扰的那部分自我，就是不愿放弃个人律法的那部分自我。）

人们对自我肯定的反应很有趣。我首次举办"为你的生活写作"培训班时，前排坐着一位非常独立的年长绅士（他在冥想期间一直坐着，双臂交叉放在胸前，瞪着眼睛，这是他给你的总体印象）。

他提出的个人律法是：我是叛逆者。意思是说，他必须特立独行。我给他的自我肯定是：大家都喜欢我特立独行。我俩私下讨论出这个自我肯定时，他也表示很喜欢。

然后，等我问起大家是否都有自我肯定时，他举起手。"我没有。"他说。我问他，我给他的那个有何问题。"没问题，"他说，"我喜欢，但那是你的。我自己的还没想出来。"

噢，当然不是他的。他的个人律法在轰鸣：他是叛逆者，必须特立独行。

（这里不妨向你展示一下个人律法如何影响他的写作生涯。一位与他交谈过的女士后来告诉我，他最近把一部长篇小说寄给经纪人，但整部手稿全部采用单倍行距。我说，有些人显然不知道出版商要求稿件采用双倍行距，所以我们这位朋友很不幸。"哦，他确实很不幸，"那位女士告诉我，"他说他知道手稿应该两倍行距，但他更喜欢单倍。"当然，我想，他确实认为自己必须要以特立独行的方式做事,而且是招致反感的方式。)

现在轮到你写自我肯定了。将笔记本翻到新一页,写下你为自己选择的自我肯定,无论是选择我的建议,还是对我的建议做了修改,又或是你自己的创造,都可以。

你若不喜欢自己所写的,别太在意。人们不喜欢自己的自我肯定,主要出于两个原因。

一是他们认为这不言而喻。比如,你的个人律法是"我很笨",但你凭理性就知道,你与遵循这条个人律法的大多数人一样,智商其实高于平均值,你若选择"我足够聪明,可以写得好"作为自我肯定,可能觉得这不言自明。既然已知是真的,何必刻意强化呢?

答案在于,我们在此讨论的不只是大脑的理性思维。正如琳恩常言,生活并不是逻辑问题。无论理性思维提出多少论据,你的部分大脑会继续认为个人律法正确无误,所以,就算是你认为自己已经全然相信了你的自我肯定,你还是必须不断强化它。

还有些人拒绝自我肯定,认为这是假的。他们真诚地相信个人律法就是真理,相信自我肯定只是自欺欺人。如果你写的东西都被退稿,怎能告诉自己人人都想读你要写的东西?这不是自欺欺人吗?这样做有何好处?

首先,你的个人律法纯属虚构。只有你让它成真,才会成真。你所拥有的证据只是脑中特定负面想法产生的有形结果。你改变想法,就会改变结果。

我永远记得今年春天参加丹佛培训班的一位年轻女士。大约就在培训班的这个阶段,她问,如果我的个人律法恰好是真的该怎么做。我告诉她,个人律法不会是真的。

"哦,不,是真的,"她说,"我真的不够好。这对别人只是一种想法,但对我来说,这是上帝的真理。我该怎么办?"

我建议道:"不管怎样,你都要强化你的自我肯定。"

"但那是假的!"

"好吧,"我说,"不管怎样,你都要使用自我肯定,然后看效果如何。如果结果证明你是对的,我会告诉你怎么办。我们会拍下你的照片,贴在办公室墙上,下面放个小匾——'这是玛丽·迪恩·B,她真的不够好。'"

听了这话,她哈哈大笑。过了一会,她笑着上来报告,说搭档给她提出了一条自我肯定:"也许我有时并没自己想的那么臭。"我喜欢她的幽默感,但我看到她是如何利用这种幽默感来维持低自尊的;我还注意到,她认为只能借助不好的自我形象,才能取悦别人。我对她提出了另一条肯定:"我现在更风趣了,因为我知道我有多好。"

如果你认为个人律法是绝对真理,是刻在石碑上的东西,因此你进而觉得自我肯定练习就像一遍遍地写"地球是平的"一样毫无意义,我建议你只需对喋喋不休这样说的那部分自我道声"谢谢分享"。不管这项练习对你是否有意义,都要坚持下去。

＊

在我们学习如何使用自我肯定前,我先对个人律法为我还不够好的人简短地说几句。这些人往往也认为周围一切不够好。他们永远不够好,他们拥有的东西不够好,他们的所作所为也不够好。没有什么是足够好的,连他们自己的个人律法也不够好。对于信奉这条个人律法的人来说,不断尝试改变并信奉别的个人律法是常事。

同理,对于他们来说,没有什么自我肯定是足够好的。

如果你信奉"我不够好",如果你发现自己有这种不满足情绪,不要太沮丧,只需接受并确认这真的是你的个人律法,并寻求摆脱它的束缚即可。

＊

"为你的生活写作"培训班有个环节,训练如何将自我肯定植入个人意识。记住,仅仅选择自我肯定是不够的,这轻而易举。棘手的是让自己日益深刻地相信你选择的自我肯定。

为此,我们让每人找个搭档,移动椅子,面对面,在第一阶段,甲一遍遍向乙诉说自己的自我肯定,乙则热情赞同:

"我值得有钱有名。"

"绝对正确。"

"我值得有钱有名。"

"这是事实。"

"我值得有钱有名。"

"我敢打赌你会。"

"我值得有钱有名。"

"你当然会。"

"我值得有钱有名。"

……

然后,下个阶段,乙一遍遍地重复说甲的自我肯定,甲欣然接受。接下来,当然角色再度轮换,乙说出乙的自我肯定,甲则热情赞同,然后甲将乙的自我肯定复述给乙听,乙欣然接受。

你是不是觉得这种做法毫无意义、明显徒劳无益? 我并不惊讶。很难期望理性大脑对远离理性领域的训练做出其他反应。我只想说,该训练若组织与执行得当,会产生强大效果。我们在西得克萨斯州完成该训练后,一位男士说,他被该训练所蕴含的精神感动了,好像他刚参加的是复兴布道会(revival meeting)似的。在另一个培训班上,一位女士的言论切中肯綮。她分享说,搭档向她重复她的自我肯定时,她觉得好像听到的是一直知道的事情,但她不知为何忘记了。

有个古老的犹太传说,似乎印证了那位女士的言论。据说,每个孩子出生前,都有一位天使出现,告诉孩子宇宙的所有秘密,所有不可知的真相。然后天使将手指放在婴儿鼻子下面,推了推,婴儿随即忘记了一切(这就是我们上唇中央有人中的原因)。

也许我们都曾知道自己的价值,只是在出生过程中遗忘了。但在内心深处,仍深知个人律法是谎言。当我们再次听到真相,并且能认真倾听时,就犹如记忆复苏。

✳

你如何在家复制这项训练?

我不确定你能否做到。你可以找个搭档尝试以这种方式训练,但如果之前没有在团体环境中全程体验过该训练,我认为不会有太大效果。

比起尝试将该训练改编为家庭版,我建议用其他方法来达到同样效果——例如,将自我肯定植入你的意识。你可以尝试以下几种方法:

把自我肯定当作口头禅,在脑中一遍遍回放。街头漫步时,花园劳作时,或从事任何让大脑足够放松的活动时,都对自己说这句口头禅,这样就能不断重复。走路或跑步时,让它的节奏跟上你步伐的节奏,这样就能同步进行。

大声说出来。试试如下方法:坐在镜前,凝视自己的眼睛,一遍遍说出自我肯定。用第一人称说五遍("我值得有钱有名"),用第二人称说五遍("拉里,你值得有钱有名"),用第三人称说五遍("拉里值得有钱有名")。然后用第一人称从头再来。我想补充一点,这个过程并不简单。

你可能发现自己出现种种抵触情绪。正如现在，即使你读到这些内容，可能还是决定改天再做，因为它听起来很蠢，你不想现在就做。

我建议你现在就做，然后才能读下文。你在镜前或站或坐，一遍遍说自我肯定，持续五分钟。你保持呼吸，看着自己的眼睛，一直说下去。

去做吧。现在就做。

用自我肯定装饰房间。把自我肯定印在卡片上，挂在家里随时可见的重要位置。每当你碰巧看到其中一个，就会想起自我肯定。这时候，你要对自己重复几次，以加强印象，提醒自己。

办公桌上方的墙面是放置卡片的好地方。每当你从工作中抬头，卡片就会映入眼帘，让你想起这个对自己的真实评价，在你与个人律法的持续斗争中，这将是有用的弹药。

制作磁带。在内心深处真正接受自我肯定的最有效方法，就是一遍遍倾听，特别是当你刚醒来，或渐渐入睡，或从事另一项活动时，一遍遍倾听最为有效。

接下来，我们播放培训班自制的磁带《作家的自我肯定》。培训班开始环节曾播放过磁带 A 面的部分内容，现在播放 B 面的所有内容。

播放磁带有几点考虑。首先，大家在训练中消耗了情绪能量，都准备休息一下。我们播放磁带时，鼓励大家放松。我们把灯光调暗，告诉大家可以随意打盹，或者想些别的事儿,不要理会磁带,如果大家愿意,完全可以睡得很香。

鉴于刚结束自我肯定训练,学员比平时更容易接受磁带上强烈的正面想法,此时播放它有助于提升培训班的体验。

它还有助于我们销售磁带。那些无法想象自己会反复倾听这个磁带的人,往往第二次聆听后就会购买。我们对此颇为欣喜,部分原因是磁带对我们来说利润可观,但至少同样重要的是,我们相信它,希望人们拥有。我们虽然也靠卖书赚钱,但不会强行推销。我们推销磁带更为积极,因为确实相信这种磁带很有价值,可以提高倾听者的思想质量,并把培训班内容带回家。因此我们推销很卖力。

(这么多年过去了,我还会努力推销,但请注意,过去的磁带现在换成了 MP3 文件,可以在 eBay① 的书店买到,可以在 eBay 上搜索"劳伦斯·布洛克对作家的自我肯定",单价 9.99 美元,全世界都可以在线收听。)

但你若愿意,可以不用购买我们制作的自我肯定录音。你可以自己录制。其实无论购买与否,我都建议你自己录制。从自己的声音中听到自我肯定比你想象的更有力量。顺便说一句,你若讨厌录制,别担心,一开始几乎人人如此。等你越来越习惯倾听磁带上自己的声音,也许就不再讨厌。你可能想买那种循环磁带,这样就可以录制 30 秒或 1 分

---

① 线上拍卖及购物网站。

钟,无限循环播放,也可以根据个人喜好录一盘完整磁带。

✻

以上都是使用自我肯定的好方法。但让自我肯定真正在你脑中扎根的最佳方法,以及对作家特别有价值的方法,本身就值得用整整一章来探讨。

最有益的写作训练

写下自我肯定会极大提高其效果。通过书写自我肯定,并通过使用我们设置的"负面回应栏",你会将整个训练变得与简单的正面思考截然不同。仅仅在脑中灌输正面思想是不够的,如果你一味坚持负面想法,就不会相信自我肯定。这样做就像只顾吸气而不顾呼气。你必须呼气,以便为下一次吸气腾出空间。

我要向你展示的这项训练会让你放弃负面想法,为正面思想腾出空间。它也是个非凡的自我分析工具;你若掌握了其窍门,就能利用它找出潜藏内心的负面想法。

此训练过程如下:拿一张白纸,在页面中间偏右位置画一条竖线。左侧用第一人称写下你的自我肯定。随后,在右侧不假思索地写下脑中浮现的第一条负面想法。

然后再写一遍自我肯定,在回应栏写下对应的负面想法,这个想法是你脑中最新浮现的,与第一条不同。

你的清单可能如下:

写作对我来说既简单又有趣　　　胡说八道

写作对我来说既简单又有趣	这总是很费劲
写作对我来说既简单又有趣	我讨厌它
写作对我来说既简单又有趣	我必须为此努力
写作对我来说既简单又有趣	难事皆无趣

当你写完五遍自我肯定，并且每次都有不同的负面回应后，转换到第二人称，这次换成你的名字，示范如下：

拉里，写作对你来说既简单又有趣	见鬼去吧
拉里，写作对你来说既简单又有趣	难道我不希望吗
拉里，写作对你来说既简单又有趣	优秀的写作必须是一场战争
拉里，写作对你来说既简单又有趣	此生有价值的东西来之不易
拉里，写作对你来说既简单又有趣	有时很有趣，但只是偶尔

注意最后一条负面回应；在训练过程中，偶尔会有一丝阳光从负面回应中照射进来。用了五次第二人称之后，你改用第三人称：

| 写作对拉里来说既简单又有趣 | 我永远不会相信 |
| 写作对拉里来说既简单又有趣 | 是吧，牙根管治疗也是如此 |

写作对拉里来说既简单又有趣 　　这并不容易

写作对拉里来说既简单又有趣 　　有时我喜欢写作

写作对拉里来说既简单又有趣

最后一遍写自我肯定时,不用再写负面回应,让自己以积极心态结束。你可能还想回到第一人称再写五遍自我肯定,不写回应栏,只为练习一个乐观的结尾。

关于此训练,我言犹未尽,但你还是先体验一下。使用你的自我肯定,即上一章中你选择的并对着镜子反复念诵的那个自我肯定。打开笔记本,一边写自我肯定,另一边写负面回应,用第一、第二、第三人称各写五遍,然后用第一人称再写五遍,这次不用回应。

记住,你每写一遍自我肯定,就相应写下脑中首先浮现的第一条负面回应。不要停笔思索你是否真这么想,或者是否真的适用,写下即可。如果你一条负面回应都想不出,不妨自问,若想到一条,会如何回应。若还是想不出,那就编一个,别留下空白,否则大脑会以此当作"逃避条款",遇到其他情况也都"想不出"。确保每次都给出负面回应,除非到最后你用第一人称再写五遍自我肯定,这次可不用负面回应。

快动手去做吧!

＊

我希望你喜欢这项训练,并觉得它有趣,因为我打算建议你定期使用自我肯定。

作家们特别喜欢用这种方式处理自我肯定,因为这是个笔头训练,涉及有趣的文字表达。那些负面想法浮现出来的方式,有自身独特的逻辑或非逻辑,可能会让我们这些密切关注文字的人特别感兴趣。视觉艺术家可能在视觉化训练方面占优势,但作家在这种语言训练方面占优势。

你是否发现写负面回应栏既不容易,也不愉快?这种反应并不罕见,尤其是对那些接触过旧式正面思考方法的人来说,把负面想法写下来似乎不仅危险,而且适得其反,既然我们已经知道思想是强大的,负面想法会伤害我们,这样岂不是通过书写赋予它们控制我们的权力?

并非如此。正如我上文所示,通过使用负面回应栏,我们不会强化或巩固负面想法,只是为其提供逃逸途径,只是在宣泄。以这种方式写下负面想法,并非是在创造它们。这些负面想法是我们很久以前创造的,扎根在我们体内,能对我们造成最大的伤害。你若愿意,可以将其想象成一种有害的厌氧细菌,在缺氧状态下茁壮成长。一旦把它们带到新鲜空气和阳光下,就伤害不了我们。记住,在你意识到恐惧之前,恐惧就已对你造成巨大伤害,同样,你的个人律法在你知道它之前就已对你产生了最大影响。支撑个人律法的负面想法同样如此。

你还在为负面回应栏烦恼吗?你可以这样看待:拒绝使用负面回应栏,这代表你希望继续忠于自己的个人律法。

自我肯定训练真的有用吗？这种简单训练真的能让我们改变意识和潜意识思维的性质吗？

简而言之，是的。

这个训练真的非常了不起。不仅如此，你还能看到它如何起作用，负面回应栏就像个窗口，让你看到它的运行过程。

因为，你坚持某个自我肯定几周后，会注意到负面回应的性质变化了。当初某些思想是你强烈即时的反应，后来根本不会出现在脑海中。你出于习惯继续写下时，它们就已失去了情感动力。发生这种情况，你就知道自己已日益从内心深处相信了自我肯定。

最终，你会对自我肯定习以为常，不会再招致你任何激烈的负面反应。即便如此，为加强效果，你仍可以每天写二十遍不用负面回应栏的自我肯定，同时写下另一条自我肯定，一个确实会引起你的强烈负面反应的自我肯定。

此外，你还会注意到其他变化。你脑中一出现个人律法及其推论，就会发现自己在用自我肯定来回应。你会注意到自我感觉在变好，写作和生活其他方面也在改善。

你可能注意到别人对你的看法也发生了重大变化。

我们都知道你无法改变别人，这是坏消息。

而好消息是你无须改变别人。因为你若改变了自己，别人对你的看法也会随之改变。多年来,很多人将生活中的他人当作负面回应栏。所谓他人,通常是我们身边的人士,包括朋友、家人或同事,他们的存在似乎只是为了贬低我们,告知我们一些我们自身的扫兴事儿。在大多数情况下,他们所做的只是把我们的负面思想反馈给我们。他们扮演"天上的大编辑"的角色,对我们言不由衷的自我贬低热烈回应:"没错!"责怪他们是毫无意义的。这就像你对着镜子愁眉苦脸,却责怪镜子给你讨厌的表情。

我们若改变对自己的想法,从他人那里得到的反馈也将发生戏剧性变化。我在生活和工作中都见过这种情形。我开始相信,改善任何人际关系的源头在自己的脑中。

＊

自我肯定有效,但有几种方式会阻止其生效。

例如,你坚信自我肯定无效。如果你顽固坚持该观念,就会从天上的大编辑那里得到支持,必然让自我肯定对你无效。解决办法是什么?当然是坚信如下的自我肯定:"自我肯定为我创造了奇迹。"

还有一种方式更能阻止自我肯定生效,即完全弃之不用。

我首次了解这项训练时,曾热情高涨。我发现此方法非常有吸引力,认为这是一种自我提升的途径。

可我一旦开始尝试书写自我肯定,就转而讨厌它。

这对我来说很奇怪。我信任它，它似乎应该引人入胜、简单有趣、令人愉快。可我为什么要抗拒呢？

为找到答案——同时也为了解决问题——我将此训练作为任务来完成，我创建的自我肯定是："我喜欢写自我肯定。"

请你理解，之前我并没意识到自己对该训练有任何不满。但是出现在回应栏中的负面情绪表达如此之多！诸如"这是洗脑""这是思想腐烂""这是白痴的米老鼠训练"等等，其中我特别中意的一条回应是"我太时髦了，不适合做这种事"。还有回应显示，我担心这项训练行不通，或者会占用我的写作时间。

所有这些无意识的负面情绪都在运行，我怎么能期望享受自我肯定呢？令人惊讶的是，我竟然能开始直面这些负面情绪。

这种情况下，在我坚持"我喜欢写自我肯定"两天后，自我肯定对我来说已变成现实。围绕着它的负面思想显然没那么根深蒂固——它们肯定没有个人律法那样的力量——仅仅让其浮出水面就足以拔掉它们的毒牙。从那时起，我发现创建自我肯定的过程既愉快又有效。

我的女儿艾米，从未写过自我肯定。我们的朋友多琳·马林（Doreen Marine）是艾米的心灵重塑课老师，给了她一个自我肯定，告诉她什么都不用做，只需偶尔想想它即可。多琳给出的自我肯定是：不管我是否使用自我肯定，它都对我有效。

✳

有些人拒绝自我肯定，不是怀疑其功效，而是觉得篡改自己的思想不合适。毕竟，他们认为这是洗脑。在他们眼里，随时改变思想相当荒谬。我不知道把负面想法变成正面想法是否该被称为洗脑，我想这取决于该词对你的意义。但我确实想知道，是什么让我们认为大脑是身体中唯一未被清洗的器官。

"洗脑"这个词在大多数场合，常常意味着别人为我们选择想法。但我们一直在探讨的这项训练恰恰相反，它包括由我们自主选择个人想法。

这似乎有些专横？难道最终是这种自我认知的过程决定了你想什么？

我不这么想。你需要记住，想什么该由你自己决定。你一直如此，也终将如此。

别忘了，我们的种种个人律法，当初都是自己选择的。我们对自己和外界做出这些个人决定，因为在当时，它们似乎是对我们所感知的现实正确有效的回应。也许其中一些信念曾经对我们很有用，但事实是如今不再有用，反而妨碍我们前行。我们要改变结果，就必须改变思想。在这世界上，我们完全有权这样做。

你决定开始相信自己其实很完美，并不比固执地认为自己有问题更任性。既然你反正都要在脑中选择保留一个特定想法，不妨选择对你有利的想法。

如果你很难理解这个概念，下面有个过渡性的想法可能对你有用：

既然我曾经可以思考个人律法，我现在就可以思考自我肯定。

✳

你的母语与你现在使用的语言一致吗？

如果不一致，我强烈建议你尝试用母语表达自我肯定。请记住，有些想法自我们出生起就一路伴随，如果你最初是用另一种语言来思考它们，可能用那种语言对重新思考它们会更容易。

即使你对母语不再有任何有意识的记忆，也照样适用。我认识一位女士，她出生在一个讲波兰语的家庭，但两三岁就与父母分开了，长大后根本不懂波兰语，也不记得幼时是否听人说过波兰语。

她用英语做了相当多的自我肯定练习后，有人建议她用波兰语尝试一下。她必须找到一个会说波兰语的人来翻译她的自我肯定，并且必须根据语音记住翻译。

当她开始使用这个波兰语自我肯定时，无论是大声说出，还是写出，结果都是惊人的。她甚至不明白自己在说什么，但内心有一部分是明白的，因为它直抵她的心灵深处，那是任何英语信息都无法抵达的地方。她哭了。

*

以下是使用书面自我肯定的一些建议：

1. **不要贪多**。一次只聚焦一到两个自我肯定，别超过这个数。每个自我肯定每天练习两次。可以如本章开头所示，每天早晚各写 20 遍。如果你一次处理太多，大脑就会混乱，什么都接受不了。

2. **一个自我肯定坚持几周**。如果两三周后不再激起强烈负面反应，可以继续写，不需回应栏。如果几天或一周内就不再有强烈反应，那只是大脑正试图抑制负面想法。强迫自己想出一些负面回应，即使似乎只是在编造。

3. **让你的负面回应指引你**。你不必把负面回应看成一个隐藏着宇宙秘密的密码，不必仔细研究它。请记住，去垃圾场的路上筛选垃圾是没有意义的。但有时负面回应栏也有值得注意的教训。你若反复得到某些特定回应，那么就有必要制定具体的自我肯定来应对它们。

例如，假设你正使用本章开头所示的自我肯定——写作对我来说既简单又有趣，你可能发现其中一个负面回应是写得好必定困难。如果这种回应反复出现，你可能不得不直面它，以便完全内化自我肯定。诸如"我越喜欢自己的作品，别人也就越喜欢""容易写，就容易读"这类自我肯定，可能会对你有益。

4. 自我肯定写完即弃。当然,这是可选的,你可以像保存自动写作的训练结果那样保存这些自我肯定,但我建议不要。自我肯定是达到目标的手段,而不是目标本身。你进行自我肯定练习是为了改变你的想法,而不是以笔记本的形式制作一个写满你个人涂鸦的作品。你完成当天任务后,把纸揉成一团扔进废纸篓,同时想象自己扔掉并释放所有在回应栏中出现的负面想法,以及其他可能尚未显现的负面想法。

5. 你若未写自我肯定,也不必自责。书写自我肯定是一种技巧,一种你可以选择使用的工具,旨在帮助你改变想法,从而改变你的生活。尽量多使用这个技巧,但别在发现自己不用时把自己逼疯。

参加完培训班,回家之后,人们会立下决心,恨不得立即完成每件事——每日自动写作,每日自我肯定,每日进行培训班提及的其他一些练习——这是常事。他们会在一段时间内什么都做,却又无法坚持,只能放弃不管,然后把时间花在自我厌恶上。

就我自己而言,有时我频繁使用自我肯定,有时很少使用,有时根本不用。我学会了理性应对,建议你也对此习以为常。你可以在开始时致力于自我肯定,但不必承诺自己日复一日坚持下去,直到世界末日。同样,你可以放弃自我肯定一天、一周、一个月或任何你想要的期限,而不必担心自己会永远放弃它。

6. 手写你的自我肯定。当然,这不是必选。不止一人喜欢在键盘上敲出自我肯定,这样更省力。但我认为,手写会让你更了解这项练习,让整个过程更流畅。

7. 享受这个训练过程。自我肯定是游戏还是苦差事,很大程度上取决于你的选择。如果能让自己享受此过程,就会乐此不疲,并可能从中获益更多。

无论哪种方式,这项训练都卓有成效。你若经常用自我肯定对付个人律法,整个人生将产生巨大变化。你如果像上文说的那样,每天写两次"写作对我来说既简单又有趣",并附上回应栏,持续一个月,那么写作对你来说就会更容易、更有趣。

三十天塑造更强大的自我形象

让我们来看如何在一个月内改善你对自己的看法。我从《作家的自我肯定》磁带中挑了十条关键的自我肯定,你每天聚焦一条,坚持三十天,就会拥有良好的开端,可以将与自己的写作相关的各种正面思想内化于心。方法如下:

1. 每天早晚各写二十遍。完全照搬给出的句子,别切换到第二人称或第三人称,也别在这个为期三十天的计划中使用负面回应栏。

2. 每天只思考当日的自我肯定。每次想起来,就把它当作咒语在脑中运转,心中默念,想想它如何成真。想象一下,如果你全然相信它,生活会有什么不同。

3. 完成早晨的自我肯定后,把它写在明信片上,写上自己的地址,随身携带,确保当天寄走。几天后收到时,请阅读它。然后保留或丢弃皆可。

4. 正确的做法,是要连续三十天完成整个过程。要是忘记并错过一天,请从头开始。只写字体加粗的自我肯定那一句,其余句子是让你结合每日自我肯定思考的。

第一天：**写作对我来说既简单又有趣。**你越放松，就越有成就。写得容易，就读得容易。写起来有趣，读起来也有趣。

第二天：**我很棒——我值得成功。**热爱写作会给你带来丰厚回报。你可以坦然面对成功，你的成功无损他人。

第三天：**每次退稿都让我更接近成功。**每次遭遇退稿，你都会自我接纳。你可以坦然面对被拒绝的风险，接受自己。因此，你永远不会被真正拒绝。

第四天：**写作增强了我的人际关系。**写作让你更接近所爱的人。你投入工作的精力会得到成倍的回报。你完全有权写作。

第五天：**我写的所有作品都让我愉悦。**你取悦自己，就取悦了他人，你的写作卓有成效。心情越愉悦，写作就越有成效。

第六天：**没人比我更了解作家的直觉。**相信自己的直觉是万无一失的。你总知道该说什么，怎么说。你永远不会无话可说。

第七天：**成功的作家总是给我启发。**其他作家的成功会让你受益。你读过的每本书都让你学到东西，不必害怕竞争。

第八天：**我的写作天赋是上帝赐予的礼物；我的作品是我给宇宙的礼物。**你能做出杰出贡献。你的写作对你和他人都有影响，是无价之宝。

第九天:**坦诚写作对我而言是自然之事。**因为你直言不讳,所以坦诚写作对你很轻松。人们喜欢你坦诚写作。真实才是美。

第十天:**我想写的东西人人想读。**人们想听你说什么。你可以轻易把书卖掉。你感兴趣的大家都感兴趣。

第十一天:**我的整个生活都在滋养我的写作,写作丰富了我的整个生活。**你可以在邂逅的每个人身上发现闪光点,可以从每次经历中获得成长。为所发生的一切感谢上帝!

第十二天:**我是个才华横溢的作家。**你的才华总是超出你的想象。你的作品总是比你想的要好。你可以放心地知道自己有多么优秀。

第十三天:**所有人都对我鼎力相助,让我的写作得以成功。**人人都期盼你成功。你有足够的才华让别人帮助你。人人都希望你心想事成。

第十四天:**我现在这样很完美。**你拥有写出好作品所需的所有技能。你可以坦然面对自己的完美。你已是个成功的作家。

第十五天:**我可以放心地在写作中展示自己。**你越让别人了解,别人就越喜欢你。越不肯展示自己,要付出的就越多。你真实的自我是值得了解的。

第十六天:**我所做的一切愉悦之事都促进了写作。**你所有的慷慨之举都会给你丰厚回报。你出于爱所做的一切会让你成为更好的作家。你出于求真所做的一切都会使你的作品充满美感。

第十七天：**我拥有成功所需的一切**。你很容易成功，你自然是要成功的。你有此能力。你已准备好并愿意去实现目标。

第十八天：**我心灵的通道向神圣的智慧敞开**。你越少挣扎，就越能接纳灵感。你的灵感就是生命的气息。你所有的想法都宛若神助。

第十九天：**我一直在成长，写作一直在进步**。你永远不必停止成长。你越成长，作品就越丰富。你写的每一行文字都让你成为更好的作家。

第二十天：**我拥有无穷无尽的奇思妙想**。你想写的东西总是信手拈来。你总会文思泉涌。你写得越多，就会发现可写的东西越多。

第二十一天：**我的写作理应得到丰厚报酬**。你写作报酬越丰厚，就越写得好。写得越好，报酬就越丰厚。你不用费力就能把书卖掉。

第二十二天：**我越追求梦想，就越清晰地看到成功**。你对自己越真诚，就越能取悦别人。你的独创性为作品增添了魅力。你可以放心展示你独特的创意。

第二十三天：**我总是喜欢我所写的角色**。你对他人的爱为写作注入了活力。你欣赏人的个性——因此你塑造的角色与众不同，令人难忘。你爱自己，自然也会爱自己塑造的角色。

第二十四天：**我的写作对我和他人都重要。**你所做的一切都值得做。你有足够的时间确保写作成功。你花在写作上的时间越多，就越有时间与他人相处。

第二十五天：**我一心想获得圆满成功。**你不必害怕成功。你越成功，成功就越接踵而至。越成功，就越安全。

第二十六天：**我总能承受风险。**坦然面对被拒绝的风险。冒险使你有把握成功。你越冒险，就越知道自己是安全的。

第二十七天：**我坦诚的自我表达帮助了每个人。**你作品的活力给人们增添了活力。你的作品丰富了每个读者的人生。你的作品无损任何人。

第二十八天：**我可以随时随地、挥洒自如地写作。**你写作不需要任何人的允可。不管你什么时候写作、在哪写作都是恰当的。

第二十九天：**我在写作上的付出总有回报。**你花在写作上的时间很值。你的写作是一项很好的投资。你写的一切都有意义。

第三十天：**感谢上帝，我是作家！**你是优秀作家。每次呼吸，你的写作都在进步。感谢上帝，你是作家！

敞开心扉

"为你的生活写作"培训班的最后一个环节旨在让你了解,透露通常想隐瞒的个人私事,会是什么感觉。该训练非常简单,两人一组,转过椅子,面对搭档,交替说句话,开头是"我想让你知道的一件私事是——"

我们鼓励学员在感到舒适的前提下,以最大的诚实来进行这项训练。甲可能会透露他曾因为醉酒和在公共场所扰乱秩序而被判入狱三十天。乙可能会透露他最喜欢的颜色是蓝色。每个陈述都可能在事实上是正确的,其中一个似乎更私密。

培训班为什么要包含这项训练?

因为我们发现,绝大多数作家在某种程度上都认为,向别人敞开心扉是不安全的。这是我们很多人信奉的个人律法,其他人也或多或少如此。

我们的写作想要充满激情和活力,最重要的一个原因是使写作带有我们独特的印记。无论是自传体小说还是一篇关于公司收购的文章,我们在作品中的个人存在很大程度上决定了它的影响力。我们若害怕或不愿出现在自己的作品中,作品效果难免会打折扣。

最重要的是,我们可能正在努力挫败选择写作的初衷。在很多情况下,我们为自己选择的职业和业余爱好都出于一种潜意识的愿望,即击退我们对自己最强烈的负面想法。

例如,在医疗行业中,有太多人因为出生经历相信自己伤害了母亲。他们的个人律法是我活着会伤害他人,或者诸如此类。通过选择医疗或护理职业,他们使自我表达成为一种治愈力量。

一般来说,模特都有我长得丑的个人律法。也许产房里有人说:"好丑的宝宝!"也许他们的母亲在第一次看到新生儿时退缩了。不管原因是什么,世上很多拥有顶级魅力的男士和女士,他们的职业成功主要源于外表因素,投身于该职业,是因为他们坚信自己没有魅力,迫切想消除这种想法。

无论你的个人律法是什么,它总是以某种方式促使你选择写作职业。

相关练习如下:

首先,在一张白纸的首行写下你的个人律法。然后在下面写一段话,讨论它如何让你把写作当成职业或业余爱好。等你对自己的回答感到满意时,挑选一些你已意识到的其他主要负面想法,进行类似处理。

等该练习让你满意,不妨在最后一行写上下列声明:

"为追求我选择的作家职业,我不再需要信奉这些负面想法。我放弃的负面想法越多,对写作的承诺就越坚定。"然后签上姓名和日期。

你若想在家中进行自我揭示练习,可以在新一页的顶行写上:"我不想让别人知道的隐私。"

然后列出你想瞒着别人的事。写下你能想到的所有不想让外界知晓的隐私。

写完即毁。

你在此过程中遇到的阻力越大,它对你就越有效。即便你事先知道清单写完即毁,还是会发现很难把你想到的某些事写下来,而这些事情正是特别值得你揭示出来的。

如果你对这个练习反应强烈,则可能需要多次执行此操作。对于那些非常害怕暴露自我的人来说,每天这样做会让他们如释重负。

✳

在培训班上,人们对自我揭示练习的反馈各不相同。有些人觉得它非常感人,并体验到高度的安全感和接受度。在最近的旧金山培训班上,一位男士说,这是他一天中的高光时刻,让他感觉很棒。而另一些人所受影响则相对较小。

许多人表示,向可能不会再见面的陌生人敞开心扉相对容易。我怀疑这不足以解释这个练习的高度共享特征,特别是一天的会议进行到此阶段,大家彼此很少感到陌生。

正如有人指出,在上午专场的直觉训练后来完成此环节,要容易得多。人们认为不妨对搭档敞开心扉,因为搭档可能会凭直觉探知他们的一切!

关于时间的几点思考

本章节很简短。我想就时间问题谈几句,在培训班上很少有机会谈,通常是因为没时间。

换言之,我选择把时间花在别的事上,这就是人们常说没时间做某事时的言外之意。人们谈论稀缺性问题时——比如时间的稀缺或金钱的稀缺——往往言不由衷。"我没时间"意味着"我选择把时间花在别的事上"。同样,"我买不起"的意思是"我宁愿花钱干别的事"。

当然也有例外。如果我告诉你每周抽不出两小时为盲人读书,其实是不想把时间花在这事上。如果我告诉你每周抽不出四十个小时去领导一个为盲人提供社会服务的委员会,我的说法就有点接近真实了——尽管理论上可以取消其他承诺,腾出时间来。同样,我说买不起奔驰,其实是说不想在一辆车上花那么多钱。而我说买不起劳斯莱斯,意思是我确实没有买一辆劳斯莱斯的钱。

几乎人人都有足够时间来写作。选择不腾出时间,那是我们自己的事。如果真想腾出时间,却似乎做不到,那就意味着我们可能正进行各种自我否定。

当我们改变思维,释放恐惧,形成更积极的自我形象时,许多人发现自己可以更好地利用时间,而无须任何有意识的努力或设计。我之前说过,拖延症患者通常拖延,不是因为他们天生没能力迅速行动,而是因为害怕这种行动会证明其个人律法是正确的。换言之,如果我认为自己不够好,就可能会害怕面对不够好的现实而拖延。如果我认为向别人展示自己很危险,就可能因为担心自己的作品会暴露自己而拖延。我若不受个人律法的控制,拖延症就会减少。

也就是说,有几种方法可以更好地利用时间。

一种方法至少可追溯到六十年前。据说一位早期时间和运动研究专家向美国钢铁公司的传奇人物查尔斯·施瓦布(Charles Schwab)建议使用这种方法。当施瓦布问这位专家咨询价格时,被告知先试用一个月,然后根据这条建议对自己的价值寄一张支票即可。一个月后,施瓦布寄给此人一张 25000 美元的支票。

这个建议是这样的:早上,在开始一天的工作前,列出你想要完成的每项任务。然后按重要性排序。先做第一件事,接下来做第二件事,然后第三件,依此类推。在完成第一项任务前不要开始第二项任务。

一天结束时,即便还有任务未完成,也要停止工作。第二天早上,列出新的清单并排序。

如果这种方法在 20 世纪 20 年代价值 25000 美元，那么现在应该值 25 万美元。不过，别给我寄支票。你已为这本书付了钱，这就足够啦。

　　我只要求你尝试这项训练。这会带来很大的不同，不仅在于你完成了什么，而且在于你一天结束时的感觉。

*

　　关于时间，还有一点想告诉你们。这是我从丹尼斯·亨斯利（Dennis Hensley）那里学来的，他关于作家时间管理的讲座价值连城。他说，如果你认为自己没时间写作，那就想办法每天腾出两小时来。早点起床，熬到深夜，想办法从周一到周五每天抽出两个小时。

　　这种方法的运算无可辩驳。从周一到周五，每天两小时，每周加起来就是十小时，也就是每个月有四十小时，或者说一年有三个月。一年三个月的全职写作！这大致相当于大多数成功的全职作家每年花在写作上的时间。

　　而且你可以做到这一点，而不会陷入丹尼斯所说的"IDIOS 谬论"。IDIOS 是"我周六再做"（I'll do it on Saturday）的首字母缩写，说这是一个谬论，因为（a）你不会写；（b）如果你写了，会因为占用了周末而讨厌写作。

确定目标，为成功喝彩

"为你的生活写作"培训班通常在闭幕时谈几句目标，这如果安排在前面的环节，似乎也合理。培训班下午集中探讨作家如何心想事成，而要心想事成，第一步须确定想要什么。要实现目标，首先必须确定目标。很多人一想到为自己确定目标就忐忑不安。我们不敢说出欲望，笃信越想要越不太可能得到。我们可能会担心，写下某种天堂般的购物清单，只会让自己不安地意识到，未实现的心愿何其之多，已实现的目标微不足道。

或者，我们可能认为欲望太多不合适，如果贪心，至少得隐瞒自己的贪心。

我知道自己曾一度认同所有这些观念，尤其迷恋最后那条。因为在成长过程中，我总认为，如果欲望超出了能力所及，人们就会不赞成，如果节制欲望，就会成为一个更好的人（因此更有可能心想事成）。

因为要当作家，我小心翼翼，避免表现出欲望太多，我相信自己对宇宙说的谎言。我对自己说，财富和名望对我来说并不重要。

但这不是真的。我总是很清楚自己赚了多少钱，得到多少认可，也一直在酝酿那些并未深思熟虑的自我推销计划。但我声称不太在乎财富或名望，猜猜结果如何？

我没有获得多少财富或名望。

这让我很恼火。为什么？我似乎在问宇宙，我从未主动要求过的那些东西，为什么你不给我？我虽不向你请求，但你为什么不懂我的心思，就是不给我？

✳

我们为自己设立目标时，会让潜意识注意到自己其实是想创造一整套特定的环境，为此我们同时要在几个不同层面上调动能量。

认为确定目标有风险，明显来自错误的负面思想。例如，我们担心因为想要某东西，结果反而不太可能得到，这其实就是说，我们不配得到。我们害怕自己贪心或者表现出贪心，也是出于同一原因。贪心的定义，是想要的比自己认为应得的要多。我们如果能相信自己应该得到想要的东西，就不会觉得自己贪心。

无论我们承认与否，欲望都一直存在！我一直想有钱和有名，即使忙于向自己和外界隐瞒这个欲望。我假装所求不多，但并未因此赢得上帝的赞许。

我的所作所为只是在减少心想事成的机会。

下面这个书面练习你现在就可完成。在一张空白纸上写下:"未来五年内我想完成的五件事"。

然后一一列出。

如果是我列清单,内容可能如下:

写本能上畅销书排行榜的小说。

出版四本新小说。

把"为你的生活写作"培训推广到英国和澳大利亚。

彻底翻修房子。

获得某个重要的专业奖项。

写完后,你翻到下一页,写下标题:"我明年要完成的五件事"。

然后列出清单。我的清单如下:

完成一部小说。

把《雅贼》系列拍成电影或电视剧。

写六篇短篇小说,其中一篇在《花花公子》(*Playboy*)杂志上发表。

自费出版《为你的生活写作》,卖出一万本。

有 1250 人参加 1986 年春季培训班。

最后,另起一页,写上"未来三十天内我想要完成的五件事",我的清单如下:

把编辑好的《为你的生活写作》手稿寄给经纪人。

为春季举办的所有场次培训班订场地,撰写广告文案,准备小册子。

写一篇短篇故事。

加固房子前部受损的横梁。

去洛杉矶旅行。

对于这三份清单,建议目标要切合实际。但这并不意味着你故意放低标准,写下的目标低于你的实际愿望。试着列出你能实现的最高目标。你要想,这些是你真的想追求的目标,但不是达不到就彻底完蛋。

现在请列出这三份清单。

干得不错。现在审阅一下,若对清单内容感到满意,可在第三页底部签署一项声明,并注明日期,声明如下:

"我非常乐意实现或超越所有这些目标。"

✳

下面是确定目标的另一项练习,其中没规定你的目标必须切合实际。你再列三份清单,第一份如下所示:

我想拥有的 100 件东西

1. 凯迪拉克。

2. 办公室内置书架。

3. 一个热水浴缸。

4. 白色晚礼服。

5.不戴眼镜的完美视力。

6.一台大彩电。

7.菜园。

8.小麦草榨汁机。

……

第二份清单：

我想做的 100 件事

1.乘船穿越大沼泽地。

2.踏上另一个星球。

3.跳伞。

4.学习神经语言程序设计。

5.去印度。

6.去纳齐兹。

7.达到并保持我的理想体重。

8.永生。

……

最后：

我想实现的 100 个愿望

1.有钱。

2.有名。

3. 健康。

4. 当上爷爷。

5. 晒黑。

6. 安静生活。

7. 我眼中的成功。

8. 流芳百世。

……

好好享受写清单的时光吧，这个过程应该有趣。不必一次性列出清单，你可能要在一段时间里随时增加，而且可能很难写满 100 个，因为某些开始实现的目标要随时画掉。

仅需简单列出目标，就能将其带入我们的生活，这堪称神奇。我们提醒潜意识，调动所有的思想力量来实现目标。

✳

这项练习别人至少向我推荐过六次，我才最终消除偏见去尝试。我想抵制它的理由很平常，我担心这会让自己意识到所缺乏的一切，会感到难过，觉得自己是个失败者。我可能还害怕面对这样的事实，即我比自己想象的要贪心。

最后，我想我只会对自己失望。我列出所有这些东西，却得不到，会因此失望。

所有这些推理都基于这个前提：我们可以成功地欺骗自己。在内心深处，我们已经知道自己想要这些东西。不管我们是否列清单，也不管是否承认自己的愿望，得不到想要的东西，我们就会失望。

让我告诉你我列好清单后发生了什么。

一个周日下午，我列出了四五十个愿望清单。其中一个愿望是加湿器。纽约的公寓在冬天非常干燥，我的鼻窦炎因室内空气干热而严重恶化，尤其在夜晚。多年来，我一直告诉自己想要个加湿器，我在制作清单时想到了它，于是列入清单。

两小时后，我离开待了一下午的公寓，走上百老汇大街，准备尝试某家新餐厅，没料到当天歇业。路上我经过一家商店，隔着马路看到橱窗里陈列的加湿器正在打折，碰巧我们在这家店买过结婚礼物，还有优惠卡。

周二下午，我几乎没花什么钱就买到一个高质量的加湿器。虽说我如今不再需要——佛罗里达本身就是个加湿器——但那玩意儿让我们舒适地度过了两个冬天。

如今加湿器没那么贵，也不难寻，我不必为买它专门列清单。只是当时就算容易买到且价格不贵，但直至列进清单，我才最终购买。这里面没有魔法。通过列出清单，我在脑海中植入了想要加湿器的想法，从而注意到橱窗标识，记起这回事，最终付诸行动。

好吧。同一份清单上还有埃德加奖。埃德加·爱伦·坡奖（Edgar Allan Poe award）由美国推理作家协会（Mystery Writers of America）颁发给作家，每年一次，我曾两获提名，但从未能把这尊小小的瓷雕塑像带回家。所以我把它写进清单，然后抛在脑后。

今年五月，我的短篇小说《黎明的曙光》(*By the Dawn's Early Light*)获埃德加奖。这是我去年发表的唯一一篇小说，还差点没写成。我本来决定休息一年，暂停小说写作，但因为已经答应为美国私家侦探小说作家协会(Private Eye Writers of America)写篇故事，就写了这一篇，结果获奖。不仅如此，鉴于琳恩是埃德加·爱伦·坡的曾曾曾侄孙女，我认为我的办公室里摆放他的小雕像很合适。

我想获这个奖，算贪心吗？列出想要的东西，算贪心吗？心有所求却没写入清单，就不算贪心吗？

记住我们对贪心的定义——你想要的比你认为应得的要多。还要记住艾克牧师(Reverend Ike)关于这个主题的箴言：

"你可以带茶匙或水桶去海边，"他说，"大海不在乎。"

＊

以下是最后一条建议，供你在家中练习时用。如果你一直觉得自己做得不够，裹足不前，没有为写作事业付出足够努力，这对你来说尤有价值。

首先，列一份清单，标题为："我为推进写作事业可以做的事"。然后花点时间写出一长串清单。不要强迫自己做不情愿的事，不想做的事你其实可以放下，没关系。这是头脑风暴，旨在激发你的创意。你的清单可能如下：

为当地报纸写书评。

向编辑查询一篇关于失踪的法国王储的文章。

为成人西部小说准备人物速写。

开始三十天的自我肯定训练。

尝试自动写作。

加入健身房。

日落时独自长距离散步。

阅读关于早期美国银器的文献。

修改并重新提交那篇短篇小说。

学习计算机科学课程。

你可能会发现每月制作一次这种清单很管用。你不必这个月每天都查阅。尽量自由书写,写完可以收起来,也可以丢掉。

该练习还有另一部分,可跳过前面部分直接进行。你若经常对自己的无所作为和拖延症耿耿于怀,不妨每晚睡前开始这项练习。你可能想用一整本笔记本来记录,这样可持续下去。(你若乐意,也可以每晚写完即扔。)

该清单的标题是:"我今天为推进写作事业所做的五件事"。

然后列出这五件事。

有些日子,纵使你精力特别充沛,十分活跃,也必须强迫自己列完五件就罢手。(无论一天中你实际上做了多少别的事,也一定不要超过五件。)还有些日子,你坐下后会觉得自己一事无成,更别说列出清单了。

不过,你会发现总能找齐五项。你看报纸了吗?列上清单。你是否散步时考虑过想动笔的写作项目?列上清单。你重读了这本书的部分章节吗?你邮寄了那份为作家大会准备的宣传小册子了吗?都可以列上去。一旦列出四项,你总可以将制作这个愚蠢的清单当成第五项。

你若经常如此,遭遇写作瓶颈时就会少点崩溃,也可能会更快走出瓶颈期。你甚至可能发现写作生涯没有瓶颈期,那些看似低谷的时期也是整个创作过程的一部分。

这一点大多数人都很难理解。我让自己反复领悟这一点,旨在抵制自己的执念,即只相信负面的东西。如果写作期间稿件没有堆积起来,我往往认为虚度光阴;即使是非常重要的基础工作,我也从来不觉得是真正的写作,因为它没有产生切实的结果。

"为你的生活写作"培训班给我们最重要的启迪,是我们最有效的行动,不一定是更努力工作、更严厉鞭策自己、写出更多的作品。我们往往可以通过书写自我肯定、听听磁带、冥想或去乡间散步来取得更大进步。我们的意识可能需要深刻的转变,才能从此类行动中获得相同的成就感,但这是值得的。毕竟,从长远来看,对作家来说,什么更有助益?是多写一本平庸的书,还是释放自己的创造力,提升自我形象,让下一本书质量突飞猛进?

布丁好不好，吃了才知道

"为你的生活写作"培训班对参加的学员有何意义？他们从中学到了什么？

这个问题很难回答。由于培训班的性质，结论因人而异。我们请所有学员大约一个月后写信反馈，借以了解本培训班对他们有何助益，探究这一天的培训效果如何。也许展示培训班影响的最佳方式就是从这些反馈信中摘录一些样本。

阅读这些样本时，请记住，它们可能没法构成真正的随机样本。那些觉得自己浪费时间和金钱而离开培训班的人士，一般不会在一个月后写信，我也不愿把不满意的客户来信包括进来（此类信件也收到过几封）。尽管如此，我还是认为，下列信件会给你很好的视角，让你了解人们对培训班的反馈，以及该经历给他们的生活带来的各种变化。

来自马萨诸塞州迪尔菲尔德（Deerfield, Massachusetts）的一位女士说：

十月下旬，我在剑桥参加了这个培训班，主要因为我想当作家。我已为此努力了十年,忍受着对退稿、曝光和失败的恐惧。但参加培训班后,奇妙的事儿接连发生!

奇妙的事儿发生在一月。我接到导师电话,他是一位受人尊敬的著名作家,我从未向他索求过任何帮助。机会来了,他在找一名作者,我是否有兴趣写一本书? 我当然有兴趣!

我的人生就此打开一扇不可思议的门。不过我还得证明自己是作家。如果我的大纲和样本章节达不到标准,出版商就会另寻作者。我吓得半死,但我预订机票、打包录音机、削好铅笔、向宇宙寻求我所能收集到的所有创造性能量和自信时,又如此兴奋。该写作计划如果成功,将为我真正想要的生活打开大门。但我若未能抓住这个机会,就连这扇门也不会打开。谢谢你,拉里,你让这 100 美元物有所值,而我当时还几乎负担不起。你做得太棒了!

来自布鲁克林(Brooklyn)的一位女士说:

我本想早点写信表达我对培训班的感激之情,只是一直忙于写作。这对我来说是一个重大改变。

在波士顿接受了一整天的培训后,我把未完成的小说从抽屉里拿出来,重写了前三章,完成了第四章,给其余部分拟了大纲,开始写第五章,给经纪人写信,给自己买了个文书处理机。我还把其中几章寄给朋友阅读——我正在努力消除写作时的自我意识和遮遮掩掩，这原本是安全措施，但后来成了一种抑制。

……可能还有很多细节可以说，但你明白我的心意——我喜欢它，可能在秋天再参加一次。

来自佐治亚州石山 (Stone Mountain, Georgia) 的一位男士说：

你的方法与众不同，让人耳目一新，令人敬畏而又专业坦诚，最重要的是产生了效果。我还没写出一部伟大的美国小说，但你成功传授给我的能量让我相信，只要我想，就能写出来。

目前我已心无旁骛地开始写作了。写作不存在完美的时间或地点——此时此地即可，还有你是否真的想写作。

来自纽约州克拉伦斯 (Clarence, New York) 的一位女士说：

培训班上学到的一切让我的思维运转无比顺畅，神奇的变化随处可见。大脑豁然开朗，我想我已在大脑中创造了一个新的太阳系。我现在开始有成名的想法。它给我的生活增添了一抹亮色。

我曾长期有身份危机。

现在知道我是作家。

来自明尼苏达州索克中心（Sauk Centre，Minnesota）的一位男士说：

六周前，我在明尼阿波利斯参加了"为你的生活写作"培训班。我觉得它帮助我清除了多年来横亘在我人生道路上的那些心理魔障，从此我感到精力充沛，它也延续到我的写作习惯中。

来自弗吉尼亚州福尔斯彻奇（Falls Church，Virginia）的一位男士说：

上个月，我在华盛顿参加了"为你的生活写作"培训班，我想让你们知晓，它给我提供了人生中最重要的见解之一。我早就知道生活不是一场斗争，但尽管我心知肚明，生活却依然过成了一场斗争，我一直不明白为何如此。如今我有充足理由认为，这是从小就在我脑中徘徊的那些负面想法作祟所致。你那个想要出书的石油商人的故事很有启发性。我突然明白了潜意识是如何控制我的。

但你让我注意到这一切，我开始竭力抛开负面想法，坚信正面想法，它给我带来了美好的新生活。我想谢谢你。

来自布鲁克林的一位女士说：

我起初讨厌你这个培训班，以为只是去听讲座。我口头交流很有困难，非常害怕这种一对一交流的场合。但这次培训班帮助我发现了一些对我的写作来说至关重要的事。我开始思考讨厌写作的原因，并意识到，我把所有的（口头和书面）交流都与童年时严重的心理创伤联系起来，该心理创伤对我的整个人生产生了毁灭性影响。我把自己和母亲划为一个阵营，认为所有的编辑和出版商都像我父亲一样，我觉得自己打不赢。编辑是主宰，他们只会批评和拒绝我寄给他们的任何东西。我根本没机会。

虽然认识到问题是重要一步，但我还需要长时间来克服心理障碍。自我肯定终于奏效，让我的生活态度慢慢发生了变化。

来自爱荷华州贝滕多夫（Bettendorf, Iowa）的一位女士说：

从我报名到参加的这段时间，"为你的生活写作"已成为一个战斗口号。无论是个人生活还是职业生涯，我都深受其影响。

我来参加培训班，是觉得自己需要恢复一些已消失的力量，这些力量的消失让我对我的创造力、我的真诚、我对整个世界的爱、我的理智产生怀疑。我愿意冒任何风险，只要能让我以写作为生，或者只是为了生活而写作。

参加培训班后，我觉得我爱上了自己的疯狂，愿意永远去冒险。我确信自己的创造力永远存在，我更坦率地与自己探讨对孤独的偏好，探讨为何我抵制"创意"写作、支持客观新闻写作，为何利用时间作为对抗自己的武器。

"你的想法源自你的理想。"你说。

这句话对我来说是个拨动开关。作为一名和平倡导者、一个十几岁孩子的母亲和顶级保守派的妻子，我的理想似乎在每时每刻都岌岌可危，可以号称"创造性妄想症"。参加培训班后，我明白了理想是思想的源泉，并为创造力的流动提供了必备渠道，我明白了自身的创造力让我自由地、热烈地爱上无数事物。仅此一项就不虚此行。

在明尼阿波利斯市培训班结束一周后，我参加了一个作家旅行考察团。就像鸟儿从自身翅膀上发现羽毛，我重新开始像艺术家一样审视，像作家一样思考，回来的第一周就卖出两篇小说。我同样配得上名利双收！谢谢你！

来自俄勒冈州韦尔奇斯（Welches, Oregon）的一位女士说：

也许你想知道，我让你的磁带完成了使命——它再没用处了。在西雅图培训班结束后，我听了两周你的磁带，然后抛开，花了三个礼拜的时间购物、派对、把俗丽的装饰亮片从咖啡杯里抠出来。

在一月的第一周，我重新投入写作，头几天很难从懒惰的泥潭中走出来，终于走出来，又发现自己在写作时缺乏张力，就如同我首次使用磁带时注意到的那样。

我不能说现在写作很轻松，但磨牙和握拳肯定是少了。如同爱与恨并存，这是工作与玩乐的结合。

无论如何，我喜欢它。

我相信很多学员都经历过相同的情感释放。愿我们的感激和美好祝愿神奇地在你的生活中显现。

来自罗得岛州普罗维登斯（Providence, Rhode Island）的一位男士说：

多年来，我一直认真学习西方神秘学，并精通此道，因此轻易就看出，"为你的生活写作"培训班的技术套路是形而上学一般法则的具体应用。鉴于这种技术有产生能量的潜力，但不一定能产生处理这些能量的智慧，我曾对你要做的事表示怀疑和担忧。正如我相信你已意识到，安全阀就是用负面声音来回应新一天的积极宣言。

如我所言，你的技术对我来说并不新颖，但应用到写作中却别开生面，效果良好。我现在热切期待那些负面习惯模式显露出来,然后清除掉,找到被这些垃圾遮蔽的真正自我。

我意识到,围绕我的两部小说初稿有太多"我不行"的负面声音,所以它们明显的失败导致我更加否定一切。我突然意识到,既然我有足够的想象力支撑自己满怀激情地完成初稿,那么肯定也有足够的想象力来修改初稿,并将其转化为畅销小说。

培训班结束后,我每天写两个自我肯定,进行10分钟的自动写作,并且聆听磁带。今早类似这样的准备工作,使得去电脑前完成小说初稿修改变成理所当然的事。我知道,不管这两部小说是否能出版,都需要把它们从家里赶出去,投放到市场上,这样我才能以全新的眼光进行第三部小说的创作。

真奇怪,我刚开始读书时,就开始梦想作家的生活及其带来的社会认可和乐趣,不久我开始写丛林冒险小说。我一直问自己,一个"有智慧的,受过特别良好教育的小伙"是否应该出去闯荡,像以前的同学那样从事一份有六位数收入的职业?因为对此一直疑虑,加上生活中离婚等负面事件影响,就形成了大量负面习惯模式。经过三周训练,我从内心深处明白自己注定会成为什么样的人,这是我们与生俱来的权利,这种自信开始充满内心,并指引我前行。

来自加利福尼亚州帕洛阿尔托（Palo Alto, California）的一位女士说：

首先让我说："我越坦白自己，就越有安全感。我越有安全感，就越愿意坦白自己。"

说到这儿，我想告诉你，与你们共度的那一天是多么愉快。我觉得所有的训练对我来说都很有价值。我特别欣赏角色塑造环节。我正在创作的几个故事中，使用了同样的基本技术来发现角色，并对结果感到惊讶。它们似乎全部从我的潜意识里涌现出来。

直觉训练特别顺利，我甚至怀疑自己是否作弊了，但对结果完全赞同。

你若再次回旧金山举办培训班，我希望再次参加。

来自明尼苏达州新布莱顿（New Brighton, Minnesota）的一位女士说：

明尼阿波利斯培训班已结束三周，我刚注意到自己有了一些改善。这并不奇怪，因为我负面的个人律法已根深蒂固。发现如此大面积的消极情绪非常痛苦。迄今为止，这有点像处理一个愈合不良的伤口。

你知道，因为疼，你只能小心探查伤口边缘。边缘已经这么疼，你害怕碰到核心部位更受不了。但伤口其实需要敞开清理，这需要极大的勇气。我每天都没那么多勇气，但我一直努力……

琳恩,你那件被我的泪水湿透的裙子,我该付多少干洗费?谢谢你给我无私的肩膀,我没想到会哭,真是尴尬得要命。当时有一种可怕的冲动,就是想马上回家。很高兴我最终没让自己逃离。

来自纽约州曼彻斯特(Manchester)的一位男士说:

这些自我肯定非常有力量。事实上,我发现它们影响了我生活的方方面面,而不仅是写作。写作对我来说既简单又有趣,但我觉得与两个十几岁的儿子沟通很困难,他们对父母态度粗鲁,不体谅父母。你是对的!自我肯定让我茅塞顿开。我首先要改变对家庭关系的看法。这并不能立即解决所有问题,但至少引导我往积极的方向努力。谢谢你!

随着我不再纠结于一个潜在的反派角色,我又可以专注于我的主人公了。很期待你六月的培训班。写作对我来说既简单又有趣!

来自渥太华(Ottawa)的一位男士说:

我参加过很多写作培训班,但没有一个像"为你的生活而写作"这样实用。我们在波士顿共度的那几个小时正帮助我改变人生。时间会证明这种改变会持续多久,但你开启了这个进程。

来自印第安纳波利斯的一位女士说：

我想让你知道这次培训班对我来说多么富有成效。我已经把两部搁置数月的"半成品"写完了，又重新整理了书房，还买了一台新的电子打字机。你看到的这封信就是打印出的首个产品！

我每天都播放那盘《作家的自我肯定》磁带，我知道，它让我对身为作家的自己的态度产生了真正的改变。我不仅写作水平提高了，而且解决情节问题更信手拈来。这些自我肯定真的有效！所有那些植入我潜意识的正面思想都释放了我很多的潜能。

来自休斯敦（Houston）的一位女士说：

我参加这个精彩的培训班已有数周，但还是想给你写这封信。老实说，我最初的感觉并不好。我回到家，感觉不舒服，在洗手间里待了一个小时。我想，情绪释放所导致的这种生理反应并不罕见，也并不意外。

起初我虔诚地听你的磁带，后来自己录了一盘，然后两盘都听腻了。我曾一边观察自己的进步，一边想看看别人如何描述参加培训班后发生的奇迹。但并未立即发生什么。

我记下磁带中的许多自我肯定。我逐渐发现，早上五点起床（这是我写作状态最好的时候）已不成问题。后来发现，一旦我坐在打字机前，就好像从瓶口抽出了软木塞，文思顺畅，不受任何束缚。我允许自己写下自身感受，而不是不断质疑它在当时正确与否，也不需要始终牢记别人（比如我母亲）对作品的看法。我可以更自由地完成写作，稍后再进行编辑和修改。我已取得缓慢而稳定的进步，而在此之前我根本不会取得任何进步。

来自印第安纳州哈蒙德（Hammond）的一位女士：

自从三周前参加了你在芝加哥举办的培训班后，我还没动过笔。相反，我去海滩玩，骑自行车，与朋友聚会更频繁。简而言之，我更加放松和享受生活了。

今天下午，一位杂志编辑打电话给我，告诉我他采纳了我二月投稿的一篇文章，我很惊讶。随后他委托我再写篇文章，我更为惊讶。但真正的震惊是在我挂断电话后，我没有因为恐惧而陷入紧张。（我下一篇文章写不好该怎么办啊？）相反，我在屋里跑来跑去，大喊："感谢上帝，我是作家！"

你能告知你何时再来芝加哥吗？这样我就可以报名参加下次培训班。

我坐下来整理本章时，并未意识到有多少人写过反馈信，也未意识到筛选那么多信件多么不可能。其中有几十封信不登出来似乎极为可惜，但作为独立出版的新人，我必须考虑生产成本，并关注书稿长度。此外，太过热情洋溢的感言听久了就会让人腻味。

那么，让我花点时间告诉你培训班对我自己的写作产生的影响吧。毕竟，我每次主持培训班，也算是参加了培训，按照这个标准，我参加过大约 30 次培训班。我的写作有何变化？

有段时间，我的写作完全搁置了。1984 年，我有意中断了写作，并对自己和外界宣布，我将于 1985 年 1 月开始写一部新小说。我认为举办"为你的生活写作"培训班的初始效应，是我能休息一整年而不被内疚和焦虑所吞噬。

然而，随着新年的临近，我开始感到不安。假如我无法开始写作，这对培训班的信誉有何影响？更重要的是，这会对我有什么影响？接下来的一年我们将如何支付账单？

我就不给你留悬念了。三月初，我完成了长篇小说《酒店关门之后》（*When the Sacred Ginmill Closes*）。一言以蔽之，对我来说，写这本书既简单又有趣。我投入的时间很多，感觉与过去相比，更不易为写作所累。该书写完后，我似乎不用长时间休息。写完最后一页十天之后，我们在纽约开启了春季培训班。该书受到经纪人和出版商的好评，写下这些文字时，我正期待它的出版。

我认为，至少同样重要的是，自从举办该培训班，我自己的写作就进步了。随着我越来越坦然面对"我值得有钱和出名"这种想法，我就越来越名利双收。早期作品得以再版,书籍被改编为电影,还有很多好事接踵而至。我坚信自己在本培训班中学到的东西与个人职业发展方向有很大关联。

在某种意义上,我想你可以说,我继续举办这个培训班的理由与人们参加它的理由一样。它帮助我摆脱习惯模式,让我心想事成。

你应不应该参加"为你的生活写作"培训班?

我不能替你回答这个问题。我当然不认为任何人都必须参加培训班。事实上,我希望你能从这本书中学到一点,就是意识到你现在这样就很好,你不需要这个培训班,甚至不需要应用本书的任何训练。如果你真想学,或者想报名参加,要意识到这是出于你自身的选择,而不是必须参与。

我无法确定本培训班对你有何助益。当然,也有可能你坐到培训班结束,也没发现任何效果。(这并非说没效果。我想起了下面这个故事:有人出言侮辱一个武士。武士立即拔剑向他挥了一下。"哈!"那人叫道,"你没刺中我。"武士笑着说:"你点点头让我看看。")

我猜,本培训班使人们更容易朝自己原本所想的目标迈进。我觉得所有这种性质的转型体验皆如此,它们帮助你成为内心深处真正的自己,让你记住那些你很久以前就知道但不知何故忘记的伟大真理。

我希望此书能让你决定是否想亲身体验"为你的生活写作"培训班。无论是何种决定,对你而言皆为正确。

后　记

本书最后摘录的那些热情洋溢的反馈信，其实旨在让你们兴高采烈地报名参加培训班，现在我觉得有义务提醒你们我在序言中已经告诉过你们的事儿。（你确实读过序言，对吧？关于不读就让狗儿代你受过的那一章？）

本书完稿几年后，我们停办了"为你的生活写作"培训班。我发现自己厌倦了当导师的旅途，也厌倦了所涉及的大量工作。我很清楚自己真正的兴趣是写作。我从不后悔花那么多时间在培训班上，但也不后悔离开。

当然，我绝不会后悔本书的写作和出版，这是一次非常轻松的自助出版冒险之旅，甚至还有盈利。我们印了5000本，卖出所有，只余一箱，然后就离开佛罗里达，放弃了培训班业务。如果说有何遗憾，那就是本书不再出版，但似乎有很多人想再版。我不确定是否还想再版，加上内容还需更新，因此裹足不前。

我也怀疑，这个世界是否真的需要它。在本书出版后的几年，有数本针对作家的书问世，采用了类似的形而上学方法。这促使我最终断定，经过这么多年，本书仍有特别价值。（亲爱的读者，它是否对你有用，只能由你自己决定。）

我最终决定再次提供这些内容，以便感兴趣的读者根据自己所需调整这些技术和训练。电子书似乎简便易行，这是首选。

但我逐渐意识到，这是人们希冀放在书架上的那种书，从长远来看，纸质书还是更有用，你不一定非得是无脑抵制新媒体的人才会发现这一点。助手发现本书1986年第一版还剩下25本时，我把它们都带回了家，把它们放在eBay网站上，并群发了一条新闻邮件，限定每人买一本，结果不到三小时就售罄。

因此，我决定再版。得益于按需出版的技术奇迹，还有我的出版女神、住在科罗拉多斯普林斯（Colorado Springs）的杰伊·W.马努斯（Jaye W. Manus）付出的心血和精湛技术，本书得以成功出版。

我希望你已发现本书有一定价值，而且年轻作家相当天真的热情也不会太令人反感。尽情享受本书提供的训练和写作带来的乐趣吧，如果没有乐趣，又何必费心？

你要是想联系我，嗯，这比1986年要容易：你可以登录我的网站www. lawrenceblock.com，发邮件到我的电子邮箱lawbloc@gmail. com，在推特（Twitter）上关注@Lawrence-Block，或者在脸书（Facebook）上找到我。

关于作者

半个世纪以来,劳伦斯·布洛克一直致力于推理和悬疑小说的写作,且屡获殊荣。他近期创作的小说有《数汤匙的贼》(*The Burglar Who Counted the Spoons*,以雅贼伯尼·罗登巴尔[Bernie Rhodenbarr]为主角),《杀了我》(*Hit Me*,以杀手凯勒[Keller]为主角),以及《一滴烈酒》(*A Drop of the Hard Stuff*,以马修·斯卡德[Matthew Scudder]为主角)。《一滴烈酒》将被改编成电影《行过死荫之地》(*A Walk Among the Tombstones*),由连姆·尼森(Liam Neeson)饰演。还有几本小说也被改编成电影,尽管影片不尽如人意。他的作家创作类书籍非常出名,包括经典的《布洛克小说写作手册》(*Telling Lies for Fun & Profit*)和《说谎者圣经》(*The Liar's Bible*)。除小说与其他文章之外,他还为电视剧《倾斜》(*Tilt!*)和王家卫的电影《蓝莓之夜》(*My Blueberry Nights*)写过剧本。他是个谦逊和低调的家伙,当然了,你从这则作者简介里永远也猜不到这一点。

电子邮件:lawbloc@gmail.com

博客/网站：www.lawrenceblock.com

脸书：www.facebook.com/lawrenceblock

推特：@LawrenceBlock